La próxima vez

Marc Levy

La próxima vez

Traducción de
Isabel Margelí

Círculo de Lectores

LEIDO
16/8/06

Para Louis
Para mi hermana Lorraine

AGRADECIMIENTOS

A Natalie André, Stéphanie Bataille, Kamel Berkane, Antoine Caro, François Curiel, Marie Drucker, Julie Dupage, Guillaume Gallienne, Sylvie Gendron, Philippe Guez, Étienne Hellman, Katrin, Asha, Mark & Kerry, Marie Le Fort, Sophie Lefèvre, Raymond et Danièle Levy, Jean-Pierre Mohen, Pauline Normand, Marie-Ève Provost, y a Robert y Laure Zaigue.

A la French Bookshop de Londres.

A todo el equipo editorial de Robert Laffont.

Al Laboratorio de Investigación de los Museos de Francia.

A Christie's

y

a Susanna Lea y a Antoine Audouard.

[illegible]ñaban.

[illegible] esto, y que los dos contaban todas las cosas que estas gentes [illegible] hecho [illegible] del [illegible] [illegible] cuanto [illegible] [illegible] dado e [illegible] con [illegible] de que se [illegible] algunas partes [illegible] [illegible], aunque [illegible] [illegible] podemos [illegible] [illegible] que no conocemos [illegible].

[illegible] el fin de su partida [illegible] [illegible] [illegible] [illegible] [illegible] [illegible] [illegible] [illegible] [illegible].

[illegible] de los [illegible] [illegible] [illegible] [illegible] [illegible] [illegible] [illegible] [illegible] [illegible] [illegible].

Jonathan:

¿Sigues llamándote así? Ahora que me doy cuenta de todas las cosas que antes ignoraba, el vacío que me rodea desde que te marchaste se hace más y más grande. A menudo, cuando la soledad puede con mis días, contemplo el cielo y después la tierra, con la viva impresión de que tú estás en alguna parte. Y así ha sido durante todos estos años, aunque ya no pudiéramos vernos ni oírnos. Incluso podríamos haber pasado el uno frente al otro sin que nos reconociéramos.

Desde el día de tu partida no he dejado de leer, ni de visitar lugares donde poder encontrarte, o donde hallar algún modo de comprender, alguna certeza, fuera la que fuese. Y a medida que la vida ha ido pasando sus páginas, me he dado cuenta de que la posibilidad de entender lo que pasó se alejaba de mí, como en aquellas pesadillas donde cada paso hacia delante te hace retroceder.

He recorrido los infinitos pasillos de las grandes bibliotecas y las calles de la que fue nuestra ciudad, en la que compartimos casi todos nuestros recuerdos desde la infancia. Ayer estuve caminando por los muelles, pisando los adoquines del mercado a cielo abierto que tanto te gustaba. De vez en cuando me paraba y sentía que tú estabas conmigo. Luego volví al pequeño bar del puerto, como cada viernes. ¿Lo recuerdas? A menudo nos encontrábamos allí cuando caía la noche. Nos divertíamos con esos juegos de palabras que brotaban de nuestros labios, como con tantas pasiones que compartimos. Así, olvidándonos del tiempo, hablábamos de esos cuadros que nos alegraban la vida y nos transportaban a otras épocas.

¡Dios, cuánto amamos la pintura! A menudo repaso los libros que escribiste y en ellos encuentro de nuevo tus preferencias, tu estilo.

Jonathan, no sé dónde estás. No sé si todo lo que hemos vivido tenía un sentido o si existe una verdad, pero si algún día lees esta carta, entonces sabrás que he cumplido la promesa que te hice.

Sé que, cuando te encuentres ante el cuadro, te llevarás las manos a la espalda, entornarás los ojos, como haces siempre que te sorprendes, y luego sonreirás. Si, tal como deseo, ella está a tu lado, la rodearás con el brazo, contemplaréis juntos esta maravilla que hemos tenido el privilegio de compartir y tal vez, sólo tal vez, lo recuerdes todo. Si es así, entonces me tocará a mí pedirte una cosa, que sin duda me debes. No, olvida lo que acabo de escribir: en la amistad nunca se debe nada. Pero en cualquier caso, ésta es mi petición:

Dile... dile que, en algún lugar sobre la tierra, lejos de vosotros y de vuestro tiempo, yo recorrí las mismas calles, me reí contigo, sentados a las mismas mesas. Dile que cada una de aquellas piedras eternas en las que hemos puesto las manos y las miradas conservarán para siempre una parte de nuestra historia.

Dile, Jonathan, que yo era tu amigo y que tú eras mi hermano, o más aún, ya que nos elegimos el uno al otro. Dile que nunca nada logró separarnos, ni siquiera vuestra marcha, tan repentina. Desde entonces no ha pasado ni un solo día sin que haya pensado en vosotros, con la esperanza de que hayáis encontrado la felicidad.

Ahora ya soy un hombre viejo, Jonathan, y se acerca la hora de mi último viaje. Sin embargo, gracias a vosotros, soy un viejo cuyo corazón alberga un destello de luz que le hace sentirse ligero. ¡He amado! ¿Acaso todos los hombres pueden partir con un tesoro tan incalculable?

Unas líneas más y volverás a doblar esta carta, te la meterás silenciosamente en el bolsillo, cruzarás enseguida las manos en la espalda y sonreirás, como hago yo mientras te escribo estas últimas palabras. Sí, también yo estoy sonriendo, Jonathan, jamás he dejado de hacerlo.

Que seáis felices. Tu amigo,

PETER

1

–Soy yo, salgo de Stapledon. Estaré en tu casa en media hora, ¿me esperas abajo? ¡Maldito contestador! Ahora voy.

Peter colgó y, nervioso, revolvió sus bolsillos en busca de las llaves, hasta que recordó que se las había entregado al guardacoches el día anterior. Consultó el reloj, el avión a Miami despegaría del aeropuerto Logan a última hora de la tarde, pero en esos tiempos difíciles las nuevas medidas de seguridad exigían que uno se presentara en el aeropuerto al menos dos horas antes de la salida. Cerró la puerta del pequeño y elegante apartamento que alquilaba cada año en un edificio del distrito financiero y avanzó por el pasillo de moqueta gruesa. Pulsó tres veces el botón para llamar el ascensor, un gesto de impaciencia que nunca había logrado acelerar su llegada. Dieciocho pisos más abajo, pasó a ritmo apresurado por delante del señor Jenkins, el portero del inmueble, y le informó de que regresaría al día siguiente. En la entrada había dejado una bolsa con ropa interior para que la mandasen a la lavandería de la esquina. El señor Jenkins guardó en un cajón el suplemento «Arte y cultura» del *Boston Globe* que estaba leyendo, anotó el encargo de Peter en el registro de servicios y abandonó el mostrador para alcanzarlo y abrirle la puerta.

Ya en la escalera, desplegó un gran paraguas y protegió a Peter de la fina lluvia que caía sobre la ciudad.

–He pedido que vayan a buscar el coche –declaró, observando el horizonte encapotado.

–Es muy amable –respondió Peter con sequedad.

–La señora Beth, su vecina de rellano, se encuentra ausente ahora mismo, así que, cuando he visto que el ascensor subía hasta su piso, he deducido...

–¡Ya sé quién es la señora Beth, Jenkins!

El portero miró el manto de nubes grises y blancas que se extendían por encima de sus cabezas.

–Un tiempo horrible, ¿no es cierto? –repuso.

Peter no respondió. Detestaba algunas de las ventajas que ofrecía vivir en una residencia de lujo. Cada vez que pasaba por delante del señor Jenkins, sentía violada una parte de su intimidad. Detrás del mostrador, de cara a la gran puerta giratoria, el hombre del registro controlaba hasta las menores idas y venidas de los habitantes del inmueble. Peter estaba convencido de que su portero acabaría conociendo sus costumbres mejor que la mayor parte de sus amigos. Un día que estaba de mal humor se escabulló por la puerta de servicio hasta el aparcamiento, para salir del edificio por la puerta del garaje. Al volver, pasó con aire altivo por delante de Jenkins y éste le tendió cortésmente una llave de cabeza redonda. Cuando Peter le miró desconcertado, Jenkins dijo en un tono neutro:

–Si le interesa hacer el trayecto inverso, la llave le resultará útil. Las puertas de entrada a cada piso están cerradas desde el interior de la escalera; de este modo podrá remediar tan desafortunado inconveniente.

Dentro del ascensor, Peter se prometió a sí mismo no dejar traslucir la menor emoción, consciente de que Jenkins no se perdería ninguno de sus gestos, grabados por la cámara de vigilancia. En otra ocasión, seis meses después, cuando mantuvo una relación efímera con una tal Thaly, una joven actriz muy de moda, se sorprendió pasando la noche en un hotel, pues prefería el anonimato de aquel lugar al rostro fascinado de su portero, cuyo inalterable buen humor matutino le irritaba en gran manera.

–Me parece que oigo el motor de su coche. La espera no se demorará mucho, señor.

–¿También reconoce los coches por el ruido que hacen, Jenkins? –dijo Peter en un tono deliberadamente impertinente.

–Oh, no todos, señor, pero a su viejo coche inglés, debe admitirlo, le chasquean ligeramente las bielas, con una especie de ruidillo que evoca el delicioso acento de nuestros parientes transoceánicos.

Peter alzó las cejas, fulminándolo. Jenkins era uno de esos hombres que sueñan toda su vida con haber nacido súbditos de su majestad, distinción de una cierta elegancia en aquella ciudad de tradiciones anglosajonas. Los grandes faros redondos del Jaguar XK 140 Coupé surgieron de la boca del garaje. El guardacoches detuvo el vehículo en la línea blanca dibujada a la altura de la mitad de las escaleras.

–¡Elemental, mi querido Jenkins! –exclamó Peter mientras avanzaba hacia la puerta que el guardacoches mantenía abierta en atención a él.

Con el ceño fruncido, Peter tomó asiento detrás del volante, hizo rugir el motor de su viejo coche inglés y arrancó, al tiempo que le hacía a Jenkins un pequeño gesto con la mano.

Comprobó por el retrovisor que éste, según su costumbre, esperaba a que él doblase la esquina antes de permitirse entrar otra vez en el inmueble.

–¡Viejo carcamal! ¡Naciste en Chicago, toda tu familia nació en Chicago! –mascculló.

Encajó su teléfono móvil en un receptáculo y pulsó la tecla donde estaba memorizado el número de casa de Jonathan. Se acercó al micrófono que estaba sujeto al parasol y gritó:

–¡Sé que estás en casa! No tienes ni idea de cuánto me irrita que no cojas el teléfono. Estés haciendo lo que estés haciendo, te quedan nueve minutos. ¡En fin, más te vale estar ahí!

Se inclinó para cambiar la frecuencia de la emisora de la radio instalada en la guantera. Al incorporarse descubrió, a una distancia todavía razonable de su guardabarros, a una mujer mayor que atravesaba lentamente la calzada. Los neumáticos dejaron varias franjas de goma negra sobre el asfalto. Cuando el coche se detuvo, Peter volvió a levantar los párpados. La mujer proseguía su camino con toda tranquilidad. Con las manos aún crispadas sobre el volante, inspiró, se desabrochó el cinturón y bajó del Coupé. Se apresuró a deshacerse en excusas, cogió a la anciana del brazo y la ayudó a recorrer los pocos metros que había hasta la acera.

Le mostró su tarjeta y le pidió disculpas. Echando mano de todo su encanto, juró que la sensación de culpabilidad por haberle infligido tal espanto lo corroería durante toda la semana. La anciana, que parecía muy sorprendida, lo tranquilizó agitando su bastón blanco. Sus problemas de audición explicaban el sobresalto que no había podido reprimir en el momento en que él, tan caballerosamente, la había cogido por el codo para ayudarla a cruzar. Peter retiró con la yema de los dedos un cabello abandonado sobre la gabardina de la mujer y la devolvió a su jornada, retomando a su vez el curso de la suya. Recobró el temple con el olor familiar del viejo cuero que invadía el vehículo. Prosiguió su camino hacia el domicilio de Jonathan a una velocidad moderada. Al tercer semáforo, ya estaba silbando.

Jonathan subía los escalones de la impresionante casa que ocupaba en el barrio del puerto viejo. En el último piso, la puerta de la escalera se abrió al estudio con techo de cristal donde pintaba su compañera. Anna Valton y él se habían conocido en una velada de una inauguración. Una fundación que pertenecía a una rica y discreta coleccionista de la ciudad presentaba el trabajo de Anna. Al examinar los cuadros expuestos en la galería, le había parecido que la elegancia de la autora estaba omnipresente en toda su obra. Su estilo pertenecía a una época a la que él había consagrado su carrera de especialista. Eligió las palabras adecuadas para describirle a Anna sus paisajes infinitos. La opinión de un profesional de tanto prestigio fue directamente al corazón de la joven, que exponía sus telas por primera vez.

Desde entonces, prácticamente no se habían separado y, la siguiente primavera, se habían mudado a esa casa que Anna había elegido cerca del puerto viejo. La habitación en la que ella pasaba la mayor parte del día, y más de una noche, disponía de una amplia cristalera en el techo. A primera hora de la mañana la luz inundaba el lugar, impregnándolo de una atmósfera teñida de magia. El inmenso parqué rubio de láminas largas descendía de la pared de baldosas blancas hasta los grandes ventanales. Cuando dejaba el pincel, a Anna le gustaba fumarse un cigarrillo sentada en uno de las salientes de madera desde donde la vista alcanzaba toda la bahía. Hiciera el tiempo que hiciese, levantaba las persianas enrollándolas fácilmente mediante unos cordones de cáñamo y olía la suave mezcla del tabaco y de los efluvios que transportaba el mar.

El Jaguar de Peter se situó junto a la acera.

–Creo que ha llegado tu amigo –dijo ella al oír a Jonathan detrás de sí.

Él se acercó y la tomó entre sus brazos, hundiendo la cabeza en la penumbra de su cuello para besarlo. Anna se estremeció.

–¡Vas a hacer esperar a Peter!

Jonathan acarició el cuello del vestido de algodón y luego deslizó la mano sobre los pechos de Anna. Los bocinazos se redoblaron y ella lo apartó alegremente.

–Tu padrino es un poquito pesado. Anda, vete a la conferencia. Cuanto antes te marches antes volverás.

Jonathan la besó de nuevo y se alejó de espaldas. Cuando la puerta de la entrada se cerró, Anna encendió otro cigarrillo. A sus pies, la mano de Peter apareció un instante fuera del vehículo para saludarla mientras el coche se alejaba. Anna suspiró y posó su mirada en el puerto viejo, lugar al que tantos inmigrantes habían arribado en otros tiempos.

–¿Por qué nunca llegas a la hora? –preguntó Peter.

–¿A tu hora?

–No, a la hora en que despegan los aviones, en que la gente se ha citado para comer o cenar, a la hora que marcan los relojes. Pero claro, ¡tú no llevas reloj!

–Tú eres esclavo del tiempo y yo me resisto a ello.

–¿Sabes una cosa? Cuando le dices una de esas frases a tu psicólogo, luego ya no escucha ni una sola palabra de lo que le cuentas. Se pregunta si, gracias a ti, podrá comprarse el coche de sus sueños en versión Coupé o Cabriolet.

–¡Yo no voy al psicólogo!

–Pues harías bien en reconsiderarlo, ¿no crees?

–¿Y tú? ¿Por qué estás de tan buen humor?

–¿Has leído el suplemento «Arte y cultura» del *Boston Globe*?

–No –respondió Jonathan mientras miraba por la ventana.

–¡Hasta Jenkins lo ha leído! ¡La prensa me está haciendo pedazos!

–¿De veras?

–¡Lo has leído!

–Un poquito de nada –contestó Jonathan.

–En la universidad te pregunté un día si te habías acostado con Kathy Miller, de la que yo estaba enamorado, y respondiste: «Un poquito de nada». ¿Podrías concretar lo que significa para ti ese poquito de nada? Hace veinte años que me lo pregunto...

Peter golpeó el volante.

–En fin, seguro que has visto ese titular tan sugerente: «¡LAS ÚLTIMAS VENTAS DEL COMISARIO TASADOR PETER GWEL SON DECEPCIONANTES!». ¿Quién batió un récord histórico inigualado desde hace diez años por un Seurat? ¿Quién hizo la mejor venta de un Renoir de la última década? ¿Y la colección de Bowen con su Jongkind, su Monet, su Mary Cassatt y demás? ¿Y quién fue uno de los primeros en defender a Vuillard? ¡Ya ves lo que cuenta eso ahora!

–Peter, te atormentas por nada; el trabajo del crítico es criticar, nada más.

–Tengo ya catorce mensajes en el contestador: mis socios de Christie's están histéricos. ¡Eso es lo que me atormenta!

Se detuvo ante el semáforo en rojo y continuó quejándose. Jonathan esperó unos minutos y giró el botón de la radio. La voz de Louis Armstrong se elevó en el interior del vehículo. Jonathan vio que había una caja en el asiento trasero.

–¿Qué es eso?

–¡Nada! –gruñó Peter.

Jonathan se volvió y, riéndose, describió el contenido.

–Una maquinilla de afeitar eléctrica, tres camisas rajadas, dos perneras de pijama, separadas la una de la otra, un par de zapatos sin cordones, cuatro cartas rotas, y todo ello rociado con ketchup. ¿Es que has roto?

Peter se contorsionó para hacer caer la caja al suelo.

–¿Nunca has tenido una mala semana? –replicó Peter subiendo el volumen de la radio.

Jonathan empezaba a estar inquieto.

–No tienes ningún motivo para estar nervioso: eres invencible.

–Ésa es precisamente la clase de consideración estúpida que puede hacer que te estrelles.

–Me he pegado uno de esos sustos que se tienen al volante –dijo Peter.

–¿Cuándo?

–Ahora mismo, al salir de mi casa.

El Jaguar volvió a arrancar y Jonathan vio desfilar a través de la ventana los edificios antiguos del puerto viejo. Tomaron el camino más rápido que conducía al aeropuerto Logan International.

–¿Qué tal nuestro querido Jenkins? –preguntó Jonathan.

Peter aparcó el coche en el espacio que quedaba justo enfrente de la cabina del vigilante y deslizó discretamente un billete en la palma de su mano mientras Jonathan recuperaba su vieja bolsa del maletero. Volvieron a cruzar todo el aparcamiento, mientras sus pasos resonaban en el suelo. Como le ocurría siempre que cogía un avión,

Peter perdió la paciencia cuando le pidieron que se quitara el cinturón y los zapatos después de hacer sonar tres veces el mecanismo del control de seguridad. Murmuró algunas palabras poco amables y el agente de turno registró su equipaje hasta el menor detalle. Jonathan le indicó con la mano que él esperaría, como de costumbre, junto al quiosco. Cuando Peter se reunió con él, estaba inmerso en las páginas de un libro de Milton Mezz Mezrow, una antología de jazz. Jonathan compró el libro. El embarque se desarrolló sin problemas y el vuelo salió a su hora. Jonathan rechazó la bandeja de comida que le ofrecieron, bajó la pequeña persiana de la ventanilla y se sumergió en las notas de la conferencia que se disponía a dar al cabo de unas horas. Peter hojeó la revista de la compañía aérea, luego el aviso de seguridad y por fin el catálogo de las compras a bordo, que ya se sabía de memoria. Se balanceó en su asiento.

–¿Te aburres? –preguntó Jonathan sin levantar la vista del documento que consultaba.

–Estoy pensando.

–Lo que yo te decía: te aburres.

–¿Tú no?

–Estoy repasando mi conferencia.

–Estás poseído por ese tío –replicó Peter volviendo al aviso de seguridad del 737.

–¡Apasionado!

–Llegados a tal nivel de obsesión, amigo mío, me permito insistir en la naturaleza posesiva de la relación que mantienes con ese pintor ruso.

–Vladímir Radskin murió a finales del siglo XIX; no mantengo ninguna relación con él, sino con su obra.

Jonathan volvió a sumirse en la lectura aprovechando un breve silencio.

–Acabo de tener un *déjà vu* –dijo Peter con el tono más burlón del que fue capaz–. Pero tal vez sea porque es la enésima vez que tenemos esta conversación.

–¿Y qué haces tú en este avión si no tienes el mismo virus que yo, eh?

–En primer lugar, te acompaño; segundo, huyo de las llamadas de mis colegas traumatizados por el artículo de un cretino publicado en *The Boston Globe*, y tercero, me aburro.

Peter se sacó un rotulador del bolsillo e hizo una crucecita en el papel cuadriculado en el que Jonathan redactaba sus últimas notas. Sin perder de vista las ilustraciones que estaba estudiando, Jonathan dibujó un círculo al lado de la cruz trazada por Peter. Éste lo rodeó enseguida con otra cruz y Jonathan trazó el círculo siguiente en la diagonal...

El vuelo aterrizó diez minutos antes de la hora prevista. No habían facturado ninguna maleta y un taxi los condujo hasta su hotel. Peter consultó su reloj y anunció que disponían de una hora antes de la conferencia. Después de registrarse en la recepción, Jonathan subió a cambiarse. La puerta de su habitación se cerró detrás de él sin hacer ruido. Dejó la bolsa sobre el pequeño escritorio de caoba que había junto a la ventana y cogió el teléfono. Cuando Anna descolgó, cerró los ojos y se dejó llevar por su voz, como si estuviera junto a ella, en el estudio. Todas las luces estaban apagadas. Anna se había apoyado en el alféizar de la ventana. Por encima de ella, a lo largo de la cristalera, algunas estrellas brillantes que resistían el halo de las luces de la ciudad se dispersaban, como bordados delicados sobre una estola pálida. El rocío del mar castigaba los viejos cristales, unidos por junturas de plomo. En los últimos tiempos Anna se había alejado de Jonathan, como si los engranajes de una frágil maquinaria se hubieran obstruido desde que habían decidido casarse. Las primeras semanas, Jonathan había interpretado la distancia que ella interponía entre los dos como el miedo ante el compromiso para toda una vida. Sin embargo, sobre todo era ella la que había deseado esa boda. La ciudad era tan conservadora como el círculo artístico en el que se movían. Después de estar dos años juntos, era de mal gusto no hacer oficial su unión. Los rostros de la sociedad de Boston así lo sugerían en cada nuevo cóctel, en cada inauguración y después de toda gran venta que se hiciera en las subastas.

Los dos habían cedido a la presión de la alta sociedad. Guardar las apariencias de su vida en pareja era la garantía del éxito profesional de Jonathan. Al otro extremo de la línea telefónica, Anna estaba callada; él escuchaba su respiración y adivinaba sus gestos. Los largos dedos de la mano de Anna se perdían en su densa cabellera. Cerrando los ojos, casi podía sentir su piel. Al terminar el día su perfume se mezclaba con la fragancia de la madera, impregnando cada rincón del estudio. Su conversación acabó en un silencio que hizo que Jonathan colgara el auricular y volviera a abrir los ojos. Bajo las ventanas, un flujo continuo de vehículos se extendía formando una larga franja roja. Le invadió una sensación de soledad, como le ocurría siempre que se alejaba de su casa. Suspiró y se preguntó por qué había aceptado dar aquella conferencia. Se acercaba la hora, deshizo su equipaje de mano y eligió una camisa blanca.

Jonathan cogió aire antes de salir al estrado. Después de recibirle con aplausos, el público desapareció en una semioscuridad. Tomó asiento detrás de un pupitre, provisto de una pequeña lámpara de cuero que velaría por su texto como un apuntador. Jonathan dominaba el tema de su exposición y se sabía el discurso de memoria. El primer cuadro de Vladímir Radskin que presentaba aquella noche fue proyectado a sus espaldas sobre una pantalla inmensa. Había optado por mostrar las obras del pintor ruso en orden cronológico inverso. Una primera serie de escenas inglesas de campo ilustraban el trabajo que Radskin había llevado a cabo al final de su vida, truncada por la enfermedad.

Radskin había pintado sus últimas telas en una habitación que no podía abandonar a causa de su salud. En ella murió a la edad de sesenta y dos años. Dos retratos muy importantes de sir Edward Langton, uno de pie y el otro sentado tras un bufete de caoba, representaban al famoso coleccionista y marchante que tomó a Vladímir Radskin bajo su protección. Había diez cuadros dedicados a exponer con una sensibilidad infinita la vida de los más pobres en los barrios del Londres de finales del siglo XIX. Otros dieciséis lienzos completaron la presentación de Jonathan. Aunque ignoraba el período exacto en que habían sido realizados, sus temas remitían a la juventud del pintor en Rusia. Seis de sus primeras obras, todas ellas encargadas por el propio zar, mostraban a ciertas personalidades de la corte; otras diez, a iniciativa tan sólo del joven artista, ilustraban la miseria de la población.

Esas escenas callejeras fueron el origen del exilio forzado de Radskin, que tuvo que abandonar su tierra natal precipitadamente y para siempre. Cuando el zar le consagró una exposición en su galería personal del palacio del Hermitage en San Petersburgo, algunas de las pinturas que presentó Vladímir provocaron un sonado escándalo. El emperador le manifestó un odio tan feroz como repentino por haber retratado con mayor fidelidad el sufrimiento del pueblo que la excelencia de su reino. La historia contaba que, cuando el consejero cultural de la corte le interrogó sobre los motivos de tal comportamiento, Vladímir respondió que si el hombre, en su búsqueda del poder, se alimentaba de la mentira, su pintura se sometía a la regla contraria.

Lo peor que podía hacer el arte en aquellos momentos de debilidad era embellecer el mundo. ¿Era menos digna de ser representada la desnudez del pueblo ruso que la figura del zar? El consejero, que apreciaba al pintor, lo despidió con un gesto amargo. Abrió una puerta oculta en la gran biblioteca, repleta de preciosos manuscritos, e invitó al joven a huir a toda prisa antes de que la policía secreta fuese en su busca. Después ya no podría hacer nada más por él. Tras tomar una sinuosa escalera, Vladímir recorrió un pasillo largo y sombrío, semejante a un sendero que condujera al infierno. Guiándose en la oscuridad tan sólo con sus manos, que se hirió con las paredes rugosas, se dirigió hacia el ala oeste del palacio, pasando por sótanos en los que debía ir agachado, por entre bodegas de piedras húmedas. Viejas ratas eslavas que vagaban en sentido contrario le rozaban el rostro y a veces se interesaban desde demasiado cerca por el intruso, al que seguían y mordían en los tobillos.

Cuando por fin cayó la noche, Vladímir regresó a la superficie y halló refugio en la parte de atrás de un carro, escondido en una bala de paja vieja destinada a los caballos del emperador. Allí pasó inadvertido a la espera de que amaneciera para poder huir del palacio, favorecido por la agitación matutina.

Todos los cuadros de Vladímir fueron confiscados aquella misma tarde. Ardieron, pasto del fuego, en la chimenea monumental de un gran banquete que ofreció el consejero del zar. La fiesta se prolongó durante cuatro horas.

A medianoche, los comensales se asomaron a las ventanas para disfrutar del espectáculo que se les ofrecía en el recinto del palacio. Agazapado en la penumbra, Vladímir fue testigo de un asesinato. Su mujer, Clara, arrestada aquella misma noche, fue conducida por dos guardias hasta el lugar del suplicio. Desde el momento en que apareció en el patio, no apartó los ojos de las estrellas. Se levantaron doce fusiles. Vladímir rogó al cielo que ella volviese la mirada y la cruzara una última vez con la suya. Pero ella no hizo nada; inspiró profundamente y sonaron doce disparos. Sus piernas cedieron y su cuerpo destrozado se derrumbó sobre la nieve espesa y manchada. El eco de su amor se elevó por encima de las paredes del recinto y reinó el silencio. A la luz del dolor que lo oprimía, Vladímir descubrió que la vida era más poderosa que su arte. Ni la combinación perfecta de todos los colores del mundo habría podido retratar su pena. Aquella noche, el vino que fluía a raudales en las mesas iba a mezclarse para él con la sangre perdida del cuerpo de Clara, abandonada a la muerte. Regueros de un rojo carmín fundieron el mantón blanco y dibujaron epígrafes sobre los adoquines desnudos, que asomaban su cabeza sombría como tantos otros fulgores negros en el corazón del pintor. Vladímir se llevó grabada en la memoria una de sus más bellas obras, que realizaría en Londres diez años después. En el transcurso de sus años de exilio, rehízo las de su período ruso que habían sido destruidas, aunque las modificó, pues Vladímir nunca volvió a pintar un cuerpo o un rostro de mujer, ni nunca apareció el menor atisbo de rojo en su pintura.

La última diapositiva se borró de la pantalla. Jonathan dio las gracias a los asistentes, que celebraron la conferencia con calurosas ovaciones. Los aplausos parecían pesar sobre sus hombros como fardos que atormentaran su discreción. Se inclinó y acarició la cubierta de su carpeta, dibujando con el dedo el contorno de las letras que formaban el nombre de Vladímir Radskin.

–Es a ti a quien aplauden, viejo amigo –murmuró.

Con las mejillas encarnadas, recogió su bolsa y saludó por última vez a la concurrencia con un gesto torpe. En la sala, un hombre se levantó y lo interpeló. Jonathan apretó su bolsa contra el pecho y se volvió hacia el público de nuevo. El hombre se presentó con voz alta y clara.

–Franz Jarvitch, de la revista *Art and News*. Señor Gardner, ¿considera normal que no haya ningún cuadro de Vladímir Radskin expuesto en un gran museo? ¿Piensa que los conservadores le ignoran?

Jonathan se acercó al micrófono para responder a su interlocutor.

–He consagrado una gran parte de mi actividad como especialista a dar a conocer y a reconocer su trabajo. Radskin es un grandísimo pintor ignorado, como muchos otros, por su tiempo. Nunca pretendió gustar, la sinceridad es el centro de su obra. Vladímir se esforzó para pintar la esperanza, porque le interesaba lo que hay de auténtico en el hombre. Eso no le atrajo los favores de la crítica.

Jonathan levantó otra vez la cabeza. De repente, su

mirada parecía ausente, sumida en otra época y en otro lugar. Se liberó de los nervios y las palabras se desataron como si, en él, el viejo pintor se pusiera manos a la obra con su propio corazón como caballete.

–Observen los rostros que pintaba, las luces que componía, la generosidad y la humildad de sus personajes... Ni una sola mano cerrada, ni una mirada engañosa.

La sala permaneció en silencio y una mujer se puso en pie.

–Sylvie Leroy, del Tekné del Museo del Louvre. Cuenta la leyenda que nadie vio jamás el último cuadro de Vladímir Radskin, una pintura que no ha sido localizada. ¿Qué opina usted?

–No se trata de una leyenda, señora. Entre la correspondencia que mantenía con Alexis Savrassov, Radskin escribió que había comenzado, a pesar de la enfermedad que lo debilitaba día a día, la que él afirma que era su obra más bella. Cuando Savrassov, interesándose por su estado de salud, le preguntó cómo iba la obra, Vladímir respondió: «Terminar este cuadro es mi único remedio contra el terrible sufrimiento que desagarra mis entrañas». Vladímir Radskin falleció tras acabar esa última pintura. El cuadro desapareció misteriosamente en el transcurso de una prestigiosa venta organizada en Londres en 1868, un año después de la muerte del pintor.

Jonathan explicó que aquella tela, probablemente su obra más importante, había sido retirada en el último momento y, por razones que él ignoraba, ninguna de las pinturas de Vladímir Radskin había encontrado comprador aquel día. El pintor cayó en el olvido durante largo tiempo. Se trataba de una injusticia que afligía tanto a Jonathan como a todos aquellos que veían en Radskin a uno de los pintores más importantes de su siglo.

–Un corazón generoso despierta a menudo los celos o el desprecio de sus contemporáneos –continuó Jonathan–. Algunos hombres sólo ven la belleza en lo que está muerto. Sin embargo, en la actualidad, el tiempo ya no puede hacer mella en Vladímir Radskin. El arte nace del sentimiento, y por eso es inmortal y eterno. Aun así, la mayor parte de su trabajo está expuesto en museos pequeños o forma parte de grandes colecciones privadas.

–Dicen que, en ese último cuadro, Radskin habría quebrantado la decisión que se había impuesto, y que habría inventado un rojo excepcional –afirmó otra persona.

Toda la sala parecía esperar la respuesta de Jonathan. Éste cruzó las manos en la espalda, entornó los ojos y levantó la cabeza.

–Como acabo de decirles, el cuadro en cuestión desapareció de forma repentina, antes incluso de ser mostrado al público. Y hasta el día de hoy, ningún otro testimonio lo ha citado. Yo mismo sigo su rastro desde que me dedico a este oficio. La única prueba de su existencia son las cartas que Vladímir Radskin le enviaba a su amigo Savrassov y algunos artículos de prensa de la época. Lo más prudente es responder que cualquier otra afirmación sobre el tema que representa o sobre su composición pertenece al ámbito de la leyenda. Muchas gracias.

Jonathan recogió una nueva serie de aplausos y se dirigió con paso apresurado al extremo del escenario, que abandonó entre bastidores. Peter, que le esperaba, lo cogió por los hombros y lo felicitó.

A última hora de la tarde, las salas de conferencias del centro de convenciones de Miami se vaciaron de los cuatro mil seiscientos congresistas a los que acogían simultáneamente. La marea humana se disolvió en corrientes que ocuparon los múltiples bares y restaurantes del complejo. Además de sus más de dos mil setecientos metros cuadrados, el James L. Knight Center estaba unido por un paseo descubierto al hotel Hyatt Regency, que contaba con más de seiscientas habitaciones.

Había transcurrido una hora desde el final de la conferencia. Peter no se había apartado de su teléfono móvil y Jonathan estaba sentado en el taburete de una barra. Pidió un Bloody Mary y se desabrochó el botón del cuello de la camisa. Al fondo de la sala de lámparas metálicas, un viejo pianista desgranaba en la atmósfera una pieza de Charlie Haden. Jonathan observó al bajista que le acompañaba: abrazaba el instrumento contra su cuerpo, mientras le murmuraba cada una de las notas que le hacía emitir. Prácticamente nadie les hacía caso. Sin embargo, su interpretación era casi celestial. Viéndoles a los dos, uno imaginaba fácilmente que habrían recorrido un largo camino juntos. Jonathan se levantó para deslizar un billete de diez dólares bajo el vaso de tubo que había sobre el Steinway. En señal de agradecimiento, el contrabajo hizo sonar una de sus cuerdas con un seco pellizco. Cuando Jonathan regresó a la barra, el billete había desaparecido del vaso sin que se hubiera echado en falta ni una sola nota de la partitura que ejecutaba el dúo. Una mujer había tomado asiento en el taburete más próximo al suyo. Se saludaron educadamente. Su cabello plateado le hizo pensar enseguida en su madre. Hay cierta edad en la que la memoria visual que conservamos de nuestros padres se detiene, como si el amor nos impidiera recordar que los hemos visto envejecer.

Ella miró la insignia en el dorso de la chaqueta de

Jonathan, que éste había olvidado quitarse. Así averiguó su nombre y que era experto en pintura.

–¿Qué época? –preguntó a modo de saludo.

–Siglo XIX –respondió Jonathan alzando su copa.

–Un período maravilloso –afirmó la mujer, que luego tomó un largo trago del bourbon que el camarero le acababa de servir–. Le he dedicado gran parte de mis estudios.

Intrigado, Jonathan se inclinó para examinar a su vez la insignia que ella llevaba colgada alrededor del cuello, en la que se podía leer el tema del simposio sobre ciencias ocultas en el que participaba. Jonathan reveló su sorpresa sacudiendo ligeramente la cabeza.

–No es usted de los que leen su horóscopo, ¿verdad? –preguntó su acompañante. Luego bebió un nuevo sorbo y añadió– ¡Le aseguro que yo tampoco!

Giró sobre su taburete y le tendió la mano, en cuyo dedo anular brillaba un curioso diamante.

–Es una talla antigua –afirmó–, impresiona mucho más de lo que pesa realmente en quilates. Pero pertenece a mi familia y le tengo especial cariño. Soy profesora, dirijo un laboratorio de investigación en la Universidad de Yale.

–¿Cuál es el objeto de sus trabajos?

–Un síndrome.

–¿Una nueva enfermedad?

Ella lo tranquilizó con ojos maliciosos.

–¡El síndrome del *déjà vu*!

El tema siempre había intrigado a Jonathan. Esa impresión de haber vivido ya lo que le estaba ocurriendo no le resultaba extraña.

–He oído decir que es nuestro cerebro el que anticipa el acontecimiento futuro.

–Al contrario, es una manifestación de la memoria.

–Pero si aún no hemos vivido una cosa, ¿cómo podemos recordarla?

–¿Quién dice que no la ha vivido?

Comenzó a hablarle de vidas anteriores y Jonathan adoptó un tono casi burlón. La mujer se apartó un poco para verle bien.

–Tiene una mirada muy bonita. ¿Fuma?

–No.

–Lo suponía, ¿le molesta el humo? –preguntó mientras se sacaba del bolsillo un paquete de cigarrillos.

–Tampoco –respondió Jonathan.

Cogió una caja de cerillas que había sobre la barra, raspó una y extendió el brazo hacia ella. El tabaco crepitó y la llama se apagó enseguida.

–¿Da usted conferencias? –continuó él.

–Todavía lleno algunos anfiteatros. Y usted, que no cree en las vidas anteriores, ¿por qué pasa la suya en el siglo XIX?

Eso tocó a Jonathan en lo más hondo; reflexionó unos instantes y se inclinó hacia ella.

–Mantengo una relación casi pasional con un pintor que vivió en esa época.

Ella hizo tintinear entre los dientes el hielo que lamía y volvió la mirada hacia los estantes del bar repletos de botellas.

–¿Cómo llega uno a interesarse por las vidas anteriores? –continuó Jonathan.

–Mirando el reloj y quedándose insatisfecho con lo que ve escrito en él.

–¡Ése es el punto de vista que intento hacerle comprender desesperadamente a mi mejor amigo! Por otra parte, yo nunca llevo reloj.

La mujer le miró fijamente y Jonathan se sintió incómodo.

–Le ruego que me perdone –dijo–, no pretendía burlarme de usted.

–Es poco frecuente que un hombre pida excusas. ¿Qué hace usted exactamente en el mundo de la pintura?

La ceniza del cigarrillo se doblaba peligrosamente sobre la barra. Jonathan deslizó el cenicero bajo el índice amarillento de su interlocutora.

–Soy especialista.

–Entonces, su trabajo le hará viajar.

–Demasiado.

La mujer de cabello plateado acarició con el dedo el cristal de su reloj.

–También el tiempo viaja. Cambia de un sitio a otro. Incluso en nuestro país tenemos cuatro horarios diferentes.

–Yo ya estoy harto de esos desajustes, y mi estómago más aún. Hay semanas en que desayuno a la hora de cenar.

–La percepción que tenemos del tiempo es errónea. El tiempo es una dimensión repleta de partículas de energía. Cada especie, cada individuo y cada átomo atraviesan esta dimensión de una manera diferente. Puede que algún día demuestre que es el tiempo el que contiene al universo, y no al revés.

Hacía tanto tiempo que Jonathan no se había cruzado en el camino de alguien apasionado que se dejó llevar por la conversación con mucho gusto. La mujer prosiguió con sus observaciones.

–También creíamos que la Tierra era plana y que el Sol giraba a nuestro alrededor. La mayor parte de los hombres se conforman con creer lo que ven. Algún día comprenderemos que el tiempo está en movimiento, que gira igual que la Tierra y que no cesa de expandirse.

Jonathan se quedó perplejo. Para parecer sereno, registró los bolsillos de su chaqueta. La mujer de cabello blanco acercó su rostro.

–Cuando estemos dispuestos a poner en tela de juicio las teorías que hemos inventado, comprenderemos muchas más cosas sobre la duración relativa y real de una vida.

–¿Es eso lo que usted enseña? –preguntó Jonathan, echándose ligeramente hacia atrás.

–¡Observe su mente! Imagínese las de mis estudiantes si les mostrara hoy el fruto de mi trabajo. Todavía tenemos demasiado miedo, aún no estamos preparados. Y, con la misma ignorancia de nuestros antepasados, calificamos de paranormal o de esotérico todo lo que se nos escapa, todo lo que inquieta nuestro saber. Nuestra especie es una apasionada de la investigación, pero tiene miedo de descubrir. Respondemos a nuestros miedos con nuestras creencias, un poco como los antiguos marinos que rechazaban la idea del viaje convencidos de que, si se alejaban de sus certidumbres, el mundo acabaría en un abismo sin fin.

–Mi trabajo también tiene algo de científico. El tiempo altera la pintura y restituye al ojo humano cosas invisibles. No tiene ni idea de las maravillas que descubrimos cuando restauramos una tela.

La mujer, de repente, le cogió el brazo. Lo miró con gravedad. Sus pupilas azules parecieron brillar.

–Señor Gardner, no comprende usted todo el alcance de mi teoría. Pero no quiero abrumarle con palabras. Cuando se trata de este tema no me canso de hablar y hablar.

Jonathan le hizo una seña al camarero para que le sirviera otra copa a la mujer. A la sombra de sus pesados párpados, la mirada de su vecina de taburete acompañaba los gestos del empleado, siguiendo el movimiento del líquido ambarino que bajaba ondulante por las paredes de cristal. Agitó los hielos, que entrechocaron en el vaso, y lo engulló de una sola vez. Dado que Jonathan parecía invitarla a ello, prosiguió:

–Todavía estamos esperando a nuestros nuevos exploradores, los viajeros del tiempo. Bastará con un puñado de nuevos Magallanes, Copérnicos y Galileos. Les trataremos de herejes y nos reiremos de ellos, pero son los que abrirán los caminos del universo, los que volverán visibles nuestras almas.

–Es una teoría original para una científica; ciencia y espiritualidad no suelen hacer buenas migas.

–¡Libérese de esos lugares comunes! La creencia es una cuestión religiosa, pero la espiritualidad nace de nuestra conciencia, no importa quiénes seamos o quiénes creamos ser.

–¿Piensa realmente que nuestras almas nos sobreviven después de la muerte?

–¡Lo que es invisible a los ojos no deja de existir necesariamente!

Ella había mencionado las almas, y Jonathan pensó en la de un viejo pintor ruso que vivía en su interior desde un domingo lluvioso en que su padre lo había llevado al museo. En una gran sala con un inmenso techo, una pintura de Vladímir Radskin le sobrecogió. La emoción experimentada había abierto de par en par las puertas de su adolescencia y marcaría para siempre el curso de su vida.

La mujer lo miró fijamente y el azul de sus ojos se transformó en negro. Jonathan sintió que lo juzgaba. Ella volvió la mirada hacia el vaso.

–Lo que no puede reflejar la luz es transparente –dijo ella con voz rasgada–, pero existe también; y nosotros ya no podemos ver la vida cuando abandona nuestro cuerpo.

–Debo confesarle que a menudo soy incapaz de verla ni siquiera en el interior de algunos de nosotros.

Ella esbozó una sonrisa y calló.

–Pero todo muere tarde o temprano –afirmó Jonathan, un poco inquieto.

–Cada uno de nosotros hace y deshace su existencia a su propio ritmo. No envejecemos a causa del paso del tiempo, sino en función de la energía que consumimos y renovamos parcialmente.

–¿Supone que nos movemos mediante una especie de batería que utilizamos y recargamos?

–Sí, más o menos.

Si la insignia que lucía no hubiera dado fe de su condición de científica, sin duda Jonathan habría concluido que estaba con uno de esos tristes personajes marginales que frecuentan los bares en busca de alguien que escuche sus locuras. Perplejo, hizo de nuevo una seña para invitarla a otra copa. Ella declinó la oferta con un movimiento de cabeza y el camarero dejó la botella de bourbon en la barra.

–¿Cree que un alma vive varias veces? –continuó Jonathan mientras acercaba su taburete.

–Algunas, sí.

–Cuando era niño, mi abuela me contaba que las estrellas eran las almas de los que iban al cielo.

–La luz de una estrella no tarda un tiempo determinado en llegarnos; es el tiempo quien la encamina hacia nosotros. Comprender qué es realmente el tiempo es hacerse con los medios para un viaje en su dimensión. Nuestros cuerpos están limitados por las fuerzas físicas que se oponen a ellos, pero nuestras almas están libres de ellas.

–Sería maravilloso creer que no mueren jamás. Conozco la de un pintor...

–No sea demasiado optimista, la mayor parte de las almas acaban por extinguirse. Nosotros envejecemos, y ellas cambian de talla a medida que memorizan.

–¿Qué es lo que memorizan?

–¡El viaje que realizan por el universo! ¡La luz que absorben! ¡El genoma de la vida! Éste es el mensaje que transmiten, desde lo infinitamente pequeño hasta lo infinitamente grande que todas sueñan con alcanzar. Vivimos en un planeta al que muy pocos de nosotros habrán dado la vuelta en el transcurso de sus vidas, y muy pocas almas lograrán alcanzar el final de su viaje: recorrer el círculo completo de la creación. Las almas son ondas eléctricas. Están compuestas por millares de partículas, como todo lo que forma parte de nuestro universo. Como la estrella de su abuela, el alma teme su propia dispersión, para ella todo es una cuestión de energía. Por ese motivo necesita un cuerpo terrestre, que ella ocupa para recuperarse y proseguir su trayecto en la dimensión del tiempo. Cuando el cuerpo ya no contiene suficiente energía, lo abandona y busca una nueva fuente de vida que la acoja para continuar su periplo.

–¿Y durante cuánto tiempo busca?

–Un día, un siglo..., eso depende de su fuerza, de los recursos energéticos que haya recuperado en el transcurso de una vida.

–¿Y si no tiene?

–¡Se extingue!

–Pero ¿qué es esta energía de la que habla?

–El origen de la vida: ¡el amor!

Peter sobresaltó a Jonathan al ponerle una mano en el hombro.

–Siento interrumpirte, amigo mío, pero no nos van a guardar la reserva. Será un verdadero calvario encontrar otra mesa, este sitio está a rebosar de paletos hambrientos.

Jonathan le prometió que se reuniría con él en el restaurante dentro de un momento. Peter saludó a la mujer y salió del bar levantando los ojos hacia el cielo.

–Señor Gardner –siguió la mujer–, yo no creo en absoluto en el azar.

–¿Qué tiene que ver el azar con esto?

–Es lamentable el exceso de importancia que le otorgamos. Recuerde una sola cosa de todo lo que le acabo de contar: a veces, dos almas se encuentran para formar una sola. Entonces dependen para siempre la una de la otra. Son indisociables y se irán reencontrando de vida en vida. Si, en el transcurso de una de esas existencias terrestres, una mitad se separa de la otra y rompe la promesa que las une, las dos almas se extinguirán enseguida. Una no puede continuar su viaje sin la otra.

El rostro de la mujer cambió brutalmente, sus rasgos se endurecieron y sus ojos adquirieron un profundo color azul. Se levantó y cogió a Jonathan por el puño de la camisa. Lo abrazó con todas sus fuerzas. Su voz se volvió aún más grave.

–Señor Gardner, en este instante, algo en su interior adivina que no soy una vieja que ha perdido la razón. Preste mucha atención a lo que voy a decirle: ¡no abandone! Ella ha vuelto, está ahí. En algún lugar le espera y le busca. Desde ahora, el tiempo cuenta para los dos. Si renuncian el uno al otro será mucho peor que malgastar sus vidas, será la extinción de sus almas. El fin de sus dos viajes sería una terrible desgracia, pues están ustedes muy cerca del final. Cuando se reconozcan, no pasen de largo el uno frente al otro.

Peter, que había vuelto sobre sus pasos, agarró a Jonathan del brazo y le obligó a dar media vuelta.

–No quieren darme la mesa mientras no estemos los dos. Acabo de negociar tres minutos de tregua con el maître del hotel antes de que vuelva a ponernos en la lista de espera. ¡Date prisa, hay un jugoso entrecot que ya no puede soltar más jugo!

Jonathan se desembarazó bruscamente del abrazo de su amigo, pero cuando se volvió, la mujer de cabellos blancos había desaparecido. El corazón le latió desbocado y se precipitó hacia el pasillo. Sin embargo, la multitud había borrado cualquier esperanza de encontrar a la anciana.

El motor del [illegible]

—[illegible]

—[illegible]

—No [illegible]

—¿Y qué?

—[illegible]

[illegible]

—[illegible]

[illegible]

—[illegible]

—[illegible]

[illegible]

[illegible]

2

El maître del hotel los instaló en un hueco al fondo de la sala del comedor. Sentado en una banqueta de molesquín rojo, Jonathan tenía dificultades para liberarse de la tensión que sentía. El contenido de su plato estaba intacto.

–Es curioso eso que haces –dijo Peter masticando con apetito.

–¿Qué hago?

–No paras de aflojarte el nudo de la corbata.

–¿Y qué?

–¡Que no llevas!

Jonathan se dio cuenta de que le temblaba la mano; la escondió debajo de la mesa y miró a Peter.

–¿Tú crees en el destino?

–Este entrecot no tiene ninguna posibilidad de salvarse, si es eso lo que quieres saber.

–¡Te estoy hablando en serio!

–¿En serio?

Peter pinchó un trozo de patata, al que añadió una copiosa cantidad de salsa de su plato.

–Hay un vuelo a las diez de la noche; si te marchas ahora mismo aún puedes cogerlo –continuó Peter mientras miraba, en el extremo de su tenedor, el enorme pedazo de carne–. Tienes un aspecto horrible.

Jonathan, que aún no había tocado la comida, arrancó un trocito de pan del platito que había entre ellos dos. Aplastó la miga tibia entre los dedos. El corazón le seguía latiendo con fuerza.

–¡Vete, yo me encargo de la cuenta del hotel!

De repente, la voz de Peter le pareció más lejana.

–No me encuentro muy bien –dijo Jonathan, que intentaba recobrar la serenidad.

–Cásate de una vez por todas, empiezas a cansarme con tu Anna.

–¿No quieres volver conmigo esta noche?

En aquel momento, Peter no comprendió la petición de ayuda de su amigo. Se sirvió otro vaso de vino.

–Quería aprovechar esta cena para comentarte los problemas que tengo ahora mismo en el despacho; quería pensar contigo acerca del modo de reaccionar ante esos artículos que me atacan gratuitamente. Esperaba que te interesaras por el contenido de mis próximas ventas, pero cenaré a solas con este entrecot y ya está. No puedo dejarlo escapar también a él, eso perjudicaría la idea que me he hecho de las felices veladas de soltero.

Jonathan dudó, luego se levantó y cogió la cartera que llevaba en el bolsillo de la chaqueta.

–¿No te enfadas?

Peter detuvo su brazo.

–Ni se te ocurra. No puedes pagar una cena en la que no estabas presente. Voy a preguntarte algo muy personal, cuya respuesta quedará estrictamente entre nosotros dos.

–Claro –dijo Jonathan.

Peter señaló con aire circunspecto el trozo de carne intacto que ocupaba un lugar de honor en el centro del plato de Jonathan.

–¿Tienes alguna objeción?

Y antes de que su amigo respondiera, intercambió los platos y se lanzó al ataque.

–Vamos, vete, y dale un beso de mi parte. Te llamaré mañana cuando llegue. Realmente necesito que me ayudes a enderezar el timón, mi despacho hace aguas.

Jonathan puso la mano sobre el hombro de su amigo y lo apretó con los dedos, acaso para encontrar un poco de ese equilibrio que le abandonaba. Peter levantó la cabeza y lo contempló unos instantes.

–¿Seguro que estás bien?

–Sí, sólo es que estoy muy cansado, no te preocupes; por lo demás, puedes contar conmigo.

Se dirigió a la salida. Las mil luces de la entrada del hotel lo cegaron. Le hizo una señal al botones. Con su aspecto torpe y aturdido, Jonathan parecía un jugador humillado por la mala suerte. Un taxi avanzó hacia el toldo. En cuanto el vehículo se puso en marcha, abrió la ventana en busca de un poco de aire.

–¿Mala suerte? –preguntó el conductor, que lo escudriñaba a través de su retrovisor.

Jonathan asintió con un movimiento de cabeza. Cerró los ojos y apoyó la nuca en el respaldo del asiento. Las farolas dibujaban bajo sus pupilas cerradas una línea discontinua de estallidos que le traían a la memoria el recuerdo del trozo de cartón que, de niño, pegaba a los radios de la rueda delantera de su bicicleta. Había refrescado. Jonathan volvió a abrir los ojos. Un paisaje de suburbios desfilaba por la ventanilla. Se sentía vacío de todo deseo.

–He dejado la autopista, había un accidente –dijo el conductor.

Jonathan se quedó mirando a los ojos del hombre, que se reflejaban en el espejo rectangular.

–Tiene aspecto de querer dormir. ¿Demasiada fiesta?

–¡No, demasiado trabajo!

–¡En algo hay que dejarse la piel!

–¿Cuánto falta para que lleguemos? –le preguntó Jonathan.

–No mucho, espero. No se preocupe, el trayecto tiene un precio establecido.

A lo lejos, las luces anaranjadas de la zona del aeropuerto se desprendían de la penumbra. El taxi aparcó junto a la acera reservada para los pasajeros de la Continental Airline. Jonathan pagó la carrera y salió del Ford blanco con puertas rojas. El vehículo se alejó.

En el mostrador de registros, la azafata le indicó que los cuatro asientos de primera estaban ocupados; en cuanto a la clase turista, estaba casi vacía. Jonathan eligió ventanilla. Bien entrada la noche, el tráfico de pasajeros era escaso. Pasó rápidamente por el control de seguridad y tomó el interminable pasillo que conducía a la sala de embarque.

Un McDonnell Douglas con los colores de la Continental Airline se arrimó al extremo de la pasarela. El morro del aparato parecía rozar la ventana acristalada. Un niño que esperaba acompañado de su madre hizo una seña con la mano a los pilotos que estaban sentados en la cabina. El comandante de a bordo le devolvió el saludo. Unos instantes después, una decena de pasajeros surgió del pasillo para desaparecer un poco más lejos, engullido por una escalera mecánica. La azafata, que volvió a cerrar la puerta detrás de ellos, comunicó a los pasajeros que la limpieza del avión ya estaba en marcha y que la espera tocaba a su fin.

Unos instantes después el walkie-talkie de la azafata crepitó, ella confirmó la recepción del mensaje, se inclinó sobre el micrófono y anunció el inicio del proceso de embarque.

El avión emergió de la espesa capa de nubes. Una luz plateada iluminaba la noche. Jonathan reclinó su asiento en busca de algo que se aproximase a la comodidad e intentó en vano conciliar el sueño. Pegó el rostro a la ventanilla y contempló las cumbres de algodón deslizándose bajo las alas.

Al llegar, la casa estaba en silencio. Jonathan cruzó el rellano y entró en su habitación. La cama no estaba deshecha, Anna debía de estar arriba. Se dirigió hacia el cuarto de baño. Bajo el surtidor de la ducha, el potente chorro de agua le azotó el rostro antes de deslizarse por su cuerpo. Permaneció inmóvil durante un buen rato. Luego se puso un albornoz y subió al último piso. Abrió la puerta del taller; no había ninguna lámpara encendida. La luna a través de la cristalera bastaba para traicionar a las sombras. Anna estaba dormida encima de un banco. Él se acercó sin hacer ruido y se quedó de pie, mirándola. Se arrodilló y sintió deseos de acariciarle la mejilla. Inmersa en sus sueños, ella se apartó con un ligero movimiento. Él la arropó hasta los hombros con el chal gris que le cubría las piernas y volvió sobre sus pasos. Se acostó solo, en mitad de la gran cama, y se acurrucó bajo el edredón. Mientras escuchaba la lluvia golpeando las ventanas, se sumió en un profundo sueño.

El invierno y la nieve se instalaron en Boston. Los preparativos navideños engalanaban la vieja ciudad con luces rutilantes. Entre dos viajes, Jonathan encontró a Anna en su casa, donde le esperaban otros preparativos.

Anna estaba organizando su boda cuidando el mínimo detalle: elegir el papel para las invitaciones y los centros de flores para la iglesia, hacer una lista de los textos para la celebración de la misa, seleccionar los entrantes que se servirían durante el cóctel antes del gran banquete, distribuir las mesas respetando a la perfección las complejas jerarquías de la alta sociedad de Boston, organizar una audición para elegir a los músicos que compondrían la orquesta y seleccionar las piezas que éstos tocarían en cada momento de la velada... Y Jonathan, que quería amar a Anna, trabajaba con ella en su deseo frenético de que esa boda fuese la más hermosa que hubiera visto la ciudad desde hacía lustros. Todos sus sábados estaban consagrados a visitar las tiendas especializadas, y los domingos se entretenían en estudiar los catálogos y las muestras que se habían llevado el día anterior. A veces, al terminar el fin de semana, sentía que la elección correcta de los manteles o de los ramos para el día de su boda era más importante que cualquier otra cosa. Con el transcurso de las semanas su entusiasmo fue decreciendo.

La primavera llegó pronto y las terrazas del restaurante del puerto viejo se extendían ya hasta el mercado a cielo abierto. Anna y Jonathan, que llevaban toda la mañana trabajando, habían tomado asiento frente a un copioso plato de mariscos. Anna sacó un cuaderno con espiral y lo puso ante sí. Jonathan, con la ceja levantada, la miraba tachar los renglones de la última página, al tiempo que esperaba que aquello anunciara, tal vez, el ansiado fin de los preparativos. Cuatro semanas más tarde, a aquella misma hora, su unión estaría bendecida por los solemnes lazos del matrimonio.

–¡No nos vendrían mal tres semanas de reposo absoluto si queremos estar conscientes el día D!

–¿Te parece gracioso? –preguntó Anna mordisqueando su estilográfica.

–Sé que es tu estilográfica preferida, debes de haber usado unas veinte en los últimos meses, pero deberías probar las ostras.

–Jonathan, ya sabes que yo no tengo un padre ni una madre que me ayuden a organizar esta ceremonia, y al mirarte hay veces en que realmente me siento como si me casara sola.

–Es curioso. ¡A veces yo me siento como si te fueras a casar con los servilleteros!

Anna lo fustigó con la mirada, volvió a coger su cuaderno, se levantó y abandonó la terraza del restaurante. Jonathan no intentó detenerla, simplemente esperó a que los rostros indiscretos de sus vecinos se volvieran para retomar su comida tranquilamente donde la había dejado. Aprovechó aquella primera hora libre de la tarde para recorrer la sección de discos de una gran superficie e hizo un alto en una tienda donde un jersey negro le tendía las mangas desde el escaparate. Mientras deambulaba por las calles de la vieja ciudad, intentó localizar a Peter en su móvil, pero sólo logró escuchar su buzón de voz. Le dejó un mensaje. Se detuvo un poco más tarde ante el tenderete de una florista, eligió un ramo de rosas rojas y volvió a su casa andando.

En la cocina, Anna llevaba un delantal de vichy que se le ceñía al talle y le realzaba el pecho en el escote. No prestó ninguna atención al ramo que Jonathan había dejado sobre la mesa. Él se sentó en uno de los taburetes altos y, con los ojos llenos de ternura, contempló a Anna, que continuaba preparando la cena sin decir una palabra. Sus gestos bruscos delataban una cólera fría.

–Lo siento –dijo él–, no pretendía herirte.

–¡Estás muy equivocado! No es sólo por nosotros por lo que quiero que esta ceremonia sea inolvidable. Soy tu mujer y resulta que participo en el éxito de tu carrera. No soy yo quien necesita la consideración y la estima de todos los notables con dinero de la costa este. Cuando cuelgan tus cuadros en su salón, lo que esperan ver en sus paredes es un pedazo de tu gloria.

–¿Quieres dejar ya esta discusión estúpida? –dijo él–. Vamos, dime ya quién será tu testigo; después de tanto tiempo, ya habrás tomado una decisión.

Se levantó, rodeó la barra y trató de abrazarla. Anna lo rechazó.

–Debes de provocar envidia, Jonathan –continuó ella–. Por eso me maquillo, incluso cuando voy de compras, por eso la casa siempre está impoluta y las cenas que damos son incomparables. La envidia es el motor de este país, así que ahora no me vengas con reproches acerca de mis ansias de perfección. Si soy exigente, es por tu futuro.

–Yo no vendo los cuadros, Anna, yo los evalúo –respondió Jonathan suspirando–. Me importa un comino lo que piense la gente, y ya que vamos a casarnos debo confesarte algo muy importante: el maquillaje es lo de menos. Cuando te miro por la mañana mientras duermes, te encuentro infinitamente más bella que cuando te preparas para una velada. En aquel momento del día, en la intimidad de nuestra cama, ninguna otra mirada viene a molestarme. Me gustaría que el tiempo nos hiciera más cómplices en lugar de que nos distanciara, como ocurre desde hace varias semanas.

Ella dejó sobre la barra la botella de vino que había comenzado a abrir y lo miró fijamente. Jonathan se puso detrás de ella y sus manos se deslizaron por su espalda hasta detenerse en las caderas. Sus dedos desataron los cordones del delantal. Anna aún hizo un amago de resistirse, pero luego se dejó llevar.

El día se abrió a un sol frío. La discusión de la víspera se había apaciguado con la llegada de la noche. Jonathan se levantó y preparó el desayuno para Anna, aunque lo compartieron mientras aprovechaban aquella larga mañana de domingo. Cuando ella subió a su taller, Jonathan continuó desperezándose. Se saltaron el almuerzo y estuvieron deambulando después del mediodía por las callejuelas del puerto viejo. Hacia las cuatro, compraron comida en el puesto de un tendero italiano para preparar la cena, y un poco más tarde se perdieron por entre las estanterías del videoclub de la esquina de su calle.

En el otro extremo de la ciudad, el cabello alborotado de Peter surgía entre las sábanas espesas. La luz del día había acabado por arrancarlo de su profundo sueño. Se estiró y echó un breve vistazo a la radio-despertador que había sobre su mesita de noche. Su voluntario despertar tardío se había prolongado más allá de lo previsto. Bostezó generosamente y buscó a tientas el mando a distancia de su televisor bajo los gruesos pliegues del edredón. Tras encontrarlo, pulsó una tecla. Frente a él, la pantalla remachada en la pared comenzó a emitir destellos. Saltó de canal en canal. El parpadeo de un sobrecito en el ángulo inferior de la pantalla le indicó que había recibido un correo electrónico. Validó la función de lectura y el mensaje apareció. El encabezamiento indicaba que se lo había enviado aquel mismo día un corresponsal de la firma Christie's de Londres. Eran las tres de la tarde en la costa este de Estados Unidos, las ocho de la noche al otro lado del océano.

–¡Habrán leído también ellos el periódico! –gruñó Peter.

El texto estaba escrito con caracteres pequeños. Peter aborrecía las gafas que, desde hacía unos meses, debía ponerse para leer. Su rechazo a envejecer le hacía preferir otras imposiciones, como un cómico ejercicio que consistía en encadenar una serie de enrevesadas muecas destinadas a mejorar su agudeza visual. El texto le hizo abrir los ojos como platos. Mientras leía por tercera vez consecutiva el correo electrónico de su corresponsal de Londres, su mano buscó el teléfono y, sin mirar las teclas del dial, marcó un número y esperó, nervioso. Después de oír diez tonos, colgó y volvió a marcar. Al tercer intento, abrió con furia el cajón de su mesita de noche y cogió el teléfono móvil. Llamó a información y pidió que le pusieran cuanto antes con el departamento de reservas de la British Airways. Sostuvo el aparato inalámbrico con el cuello y se dirigió al vestidor. Se puso de puntillas para alcanzar una maleta que se encontraba en la estantería más alta y, cuando ésta resbaló bruscamente hacia él, agarró el asa y arrastró varias bolsas de viaje que le cayeron encima. Por fin, el encargado de reservas atendió su llamada cuando él empezaba a maldecir, en pijama, enloquecido dentro del vestidor.

–¿Es que ha desaparecido la corona de la reina y están todos buscándola?

A las seis de la tarde, el cielo, envuelto en una noche prematura, dejó caer un aguacero sobre la ciudad. Las nubes se hincharon y adquirieron la forma de grandes lonas atadas las unas a las otras, tan cargadas de agua que su transparencia las teñía de negro y ámbar. Algunas gotas perforaron su espeso velo, dibujando en la penumbra un rastro erguido y plateado antes de precipitarse con violencia sobre el asfalto. Jonathan bajó la guillotina de la ventana. Una velada frente al televisor sería de lo más idóneo para aquel clima sombrío. Fue hasta la cocina, abrió el frigorífico y sacó las cajas que contenían el surtido de entrantes italianos que había elegido Anna. Encendió el horno para calentar el gratinado de berenjenas, sembró la superficie generosamente con parmesano y avanzó hacia el teléfono de pared. Iba a marcar el número del taller de Anna cuando el indicador de llamadas externas empezó a parpadear, precediendo al timbre.

–Pero ¿dónde te habías metido? ¡Es la duodécima vez que te llamo!

–¡Buenas tardes, Peter!

–Haz una maleta pequeña, nos encontraremos en el aeropuerto Logan, en la sala de embarque de la British Airways. El avión a Londres sale a las 21.15, he reservado dos asientos.

–Supongamos por un instante que hoy no es domingo, que no estoy en mi cocina preparándole la cena a la mujer con la que me casaré dentro de cuatro semanas, y que no me dispongo a ver con ella *Arsénico por compasión*. ¿Cuál sería la razón de este viaje?

–Me encanta cuando hablas así, parece que ya estemos en Inglaterra –respondió Peter en tono sarcástico.

–En fin, amigo mío, es un placer hablar contigo pero, por citar una de tus expresiones favoritas, estoy en plena conversación con un gratinado de berenjenas. Así que, si no te lo tomas a mal...

–Acabo de recibir un mensaje de Londres. Un coleccionista pone a la venta cinco telas originales: al parecer son de un tal Vladímir Radskin... ¿De qué era la lasaña?

–¿Es una broma?

–Algún día te presentaré a mi corresponsal de Londres, ¡no veas cómo me río cuando voy al dentista! Jonathan, si no organizamos nosotros la venta de esos cuadros lo hará la competencia, tú decides. El mercado suele decantarse en función de la calidad del peritaje.

Jonathan frunció el ceño y, con gesto nervioso, enrolló el cable del teléfono alrededor de su dedo índice.

–No es posible que haya cinco telas de Radskin para ser vendidas en Londres.

–No he dicho que las vayan a vender, sino que las expondrán. Para una colección de tal envergadura, realizaré la venta en Boston... y salvaré mi vida profesional.

–Tu cifra es errónea, Peter. Te repito que no puede haber cinco cuadros a la venta. Sé dónde se encuentran todas las telas de Radskin, y sólo cuatro de ellas están todavía en colecciones privadas sin identificar.

–Tú eres el experto –dijo Peter antes de añadir en tono burlón–: Precisamente me decía, mientras te llamaba a esta hora tan intempestiva, que este misterio valía al menos un plato de pasta. Hasta luego.

Jonathan oyó un clic. Peter había colgado sin siquiera decirle adiós. Colgó a su vez el auricular en la pared. Unos segundos después, Anna, que no se había perdido ni una palabra de la conversación, hizo lo mismo en su taller. Dejó su pincel en el vaso de agua y se envolvió con su estola de pashmina. Luego se soltó el cabello y bajó las escaleras camino de la cocina. Jonathan aún estaba de pie, cerca del teléfono, pensativo. La voz de Anna le sobresaltó.

–¿Quién era?

–Peter.

–¿Cómo está?

–Bien.

Anna olió el aroma a salvia que invadía la habitación. Abrió la puerta del horno y contempló el gratinado, que se doraba bajo la parrilla.

–Esto estará delicioso; pongo la película y te espero en el salón, me muero de hambre, ¿tú no?

–Sí, sí –dijo Jonathan con voz casi malhumorada.

Al pasar por la mesa de trabajo, Anna atrapó una alcachofa pequeña por el rabo y la saboreó al momento.

–Vendería mi alma por la cocina italiana –dijo ella con la boca llena.

Y después de secarse una gota de aceite de la comisura de los labios, abandonó la habitación. Jonathan suspiró, sacó la bandeja ardiente y preparó una cena repleta de detalles. Dispuso los entrantes alrededor del único plato y guardó su parte en el frigorífico. Luego abrió una botella de chianti y llenó una copa que colocó junto al tarro de mozzarella.

Anna se había instalado en el sofá. La gran pantalla de plasma ya estaba iluminada, sólo faltaba pulsar una tecla del mando del DVD para que empezara la película de Capra.

–¿Quieres que vaya a buscar tu plato? –preguntó ella con voz dulce cuando Jonathan le puso el suyo en las rodillas.

Él se sentó a su lado, le cogió la mano, con aire contrito, y le explicó que no cenaría allí. Antes de que ella pudiese reaccionar, le confesó por qué le había llamado

Peter y se disculpó con la mayor ternura de que fue capaz. Tenía que irse, no sólo por él sino también por su amigo, que se encontraba en una situación profesional delicada. La firma Christie's no comprendería que dejaran pasar una venta como aquélla. Sería un error profesional que podía perjudicar muy seriamente su carrera, que ella misma tanto apreciaba. Preso de su sinceridad acabó por admitir que siempre había soñado con ver esas telas de cerca, con acariciar su relieve, con observar sus colores sin que hubieran sido alterados por el objetivo de una cámara fotográfica o distorsionados por la impresión sobre una hoja de papel.

–¿Quién es el vendedor? –preguntó ella con hastío.

–No sé nada. Podrían pertenecer a un descendiente del galerista de Radskin. Nunca he localizado su rastro en una venta pública. Cuando se editó por primera vez el catálogo retrospectivo de la obra del pintor me tuve que contentar con fotografías y certificados de autenticidad.

–¿Cuántos cuadros son?

Jonathan dudó antes de pronunciar la cifra. Sabía que era imposible compartir con ella la esperanza que lo alentaba a descubrir la quinta pintura de la que Peter le había hablado. El último cuadro de Vladímir Radskin era, a los ojos de Anna, una quimera, un efecto de la pasión voraz y enfermiza que su futuro marido experimentaba por aquel pintor viejo y chiflado.

Jonathan entró en el vestidor, abrió una maleta pequeña y eligió algunas camisas dobladas cuidadosamente, un suéter, corbatas y ropa interior para cinco días. Concentrado en su equipaje, no había oído los pasos de Anna a su espalda.

–Otra vez me abandonas por tu amante, a cuatro semanas de nuestra boda. ¿Cómo puedes tener tanta cara?

Jonathan levantó la cabeza, la atractiva silueta de su futura esposa se recortaba en el marco de la puerta.

–Mi amante, como tú dices, es un pintor viejo, y además chiflado, como dices tú también, y lleva muerto decenas de años. En vísperas de nuestra unión, eso más bien debería tranquilizarte en lo que respecta a mis preferencias.

–No sé cómo debo tomarme este comentario, teniendo en cuenta que formo parte de tus preferencias.

–No quería decir eso –respondió él tomándola entre sus brazos.

Anna se resistió al lazo de Jonathan y se apartó de él.

–¡Camarada, no empeores las cosas!

–Anna, no tengo elección. No me lo pongas más difícil. Por Dios, ¿por qué no puedo vivir estas alegrías contigo?

–¿Y si Peter hubiese llamado la víspera de la ceremonia? ¿Habrías anulado nuestra boda?

–Peter es mi mejor amigo y nuestro testigo, nunca llamaría la víspera de la ceremonia.

–¿De veras? ¿Crees que no se habría tomado la molestia?

–Te equivocas. A pesar de un cierto sentido del humor al que tú no eres receptiva, Peter tiene mucho tacto.

–Pues lo debe de esconder muy bien. Pero si te hubiese llamado, ¿qué habrías hecho tú?

–En ese caso supongo que habría tenido que renunciar a mi amante para hacer oficial mi unión con mi compañera.

Jonathan esperó, sin creer demasiado en ello, que Anna dejara de acosarlo. Para no alimentar la discusión que ella trataba de avivar entre los dos, cogió la maleta y se fue al cuarto de baño, a buscar el neceser de viaje. Ella le siguió con paso enérgico. Luego él le pasó por delante y descolgó un abrigo. Cuando se inclinó para besarla, ella retrocedió y le miró fijamente.

–¿Lo ves? Tú mismo lo admites. ¡Peter habría telefoneado incluso la misma mañana de la boda!

Jonathan bajó las escaleras. Cuando llegó al recibidor, giró el picaporte y se volvió para mirar detenidamente a Anna, que permanecía con los brazos cruzados en el escalón más alto.

–No, Anna. Habría esperado a que yo le matara el lunes por la mañana por no haberlo hecho.

Y salió dando un portazo. Jonathan paró un taxi y le indicó al conductor que lo llevara a la terminal de la British Airways del aeropuerto Logan. El aguacero había inundado la ciudad. El agua que todavía corría por las aceras borró muy pronto sus pasos. Cuando el vehículo se alejó, los listones de la persiana de madera volvieron a caer sobre la ventana del taller de Anna. Estaba sonriendo.

3

Jonathan esperaba a Peter de pie ante el puesto de embarque del vuelo BA 776. Siguió con la mirada a los últimos pasajeros que se apresuraban por la pasarela. Una mano se posó sobre su hombro. Peter se dio cuenta de la mala cara que ponía su amigo y levantó una ceja.

–¿Sigo siendo vuestro testigo?

–Tal como van las cosas, de lo que vas a ser testigo es de mi divorcio.

–Si lo quieres así, estoy de acuerdo, pero primero tendrás que casarte, hay que respetar cierto orden cronológico.

El encargado de la escalera les hizo una señal de impaciencia, la puerta del avión ya sólo les esperaba a ellos para cerrarse. Peter se instaló junto a la ventanilla. Jonathan apenas había tenido tiempo de guardar su pequeña maleta en el compartimento para el equipaje cuando el aparato empezó a retroceder.

Una hora después, cuando la azafata se acercó a sus asientos, Peter le dijo educadamente que ninguno de los dos quería la bandeja con comida que les ofrecía. Jonathan miró a su amigo, intrigado.

–No te preocupes –murmuró Peter en tono de complicidad–. He preparado un par de trucos para aliviar este vuelo de larga distancia. He pasado por tu tienda preferida y he comprado una cena de verdad, me sentía un poco culpable por lo de tu lasaña.

–Era un gratinado de berenjenas –respondió Jonathan, molesto–. ¿Y dónde has metido ese festín? Estoy hambriento.

–En uno de los armarios que hay encima de nosotros. En cuanto la azafata y su carrito de alimentos al vacío hayan franqueado la cortina, iré a buscar nuestra cena.

–¿Y tu segunda estratagema?

Peter se inclinó para sacarse del bolsillo una cajita de medicamentos que agitó ante la mirada de su amigo.

–¡Esto! –dijo con aire satisfecho mientras le mostraba dos comprimidos blancos–. La píldora milagrosa. Cuando te despiertes, mirarás por la ventanilla y dirás: «¡Vaya, parece que estamos en Londres!».

Peter dejó caer los dos comprimidos en la palma de su mano y le ofreció uno a Jonathan, pero éste lo rechazó.

–Haces mal –dijo Peter enviando enérgicamente la pastillita al fondo de su garganta–. Esto no es un somnífero, sólo ayuda a dormirse, y el único efecto secundario es que no te enteras del vuelo.

Jonathan no cambió de opinión. Peter apoyó la cabeza contra la ventanilla y cada uno se sumergió en sus propios pensamientos. La azafata terminó de servir y desapareció en el espacio reservado al personal de vuelo. Jonathan se soltó el cinturón y se levantó.

–¿En cuál? –le preguntó a Peter señalándole la hilera de compartimentos que se extendía por encima de sus cabezas.

Peter no respondió, y cuando Jonathan se inclinó hacia él se dio cuenta de que se había quedado dormido. Le dio un golpecito en el hombro y lo sacudió varias veces, no sin dudar antes. Pero por más que insistió, fue en vano: Peter dormía profundamente. Jonathan abrió la portezuela del armario que se encontraba justo encima de ellos: docenas de chaquetas y abrigos estaban enredados los unos con los otros formando un revoltijo inextricable, así que volvió a sentarse, furioso. La cabina se sumió en la oscuridad. Una hora después, Jonathan apagó su lamparita e intentó encontrar la cajita con somníferos en la chaqueta de su compañero. Peter roncaba generosamente, acurrucado contra la ventanilla y con el bolsillo derecho totalmente inaccesible.

Seis horas más tarde, la azafata volvió a aparecer en la cabina empujando un nuevo carrito. Jonathan, acuciado por el hambre durante todo el vuelo, recibió su desayuno con alegría. Ella se inclinó para desplegar la mesita de Peter, que se despertó bostezando cuando la azafata le ofrecía su bandeja y se enderezó bruscamente.

–¡Te he dicho que yo me ocupaba de la cena! –dijo, fustigando a Jonathan con la mirada.

–Como digas una sola palabra más, la próxima vez que te despiertes mirarás por la ventana y dirás: «¡Vaya, parece que estamos en el hospital Saint Vincent de Londres!».

La azafata le sirvió su desayuno a Peter y Jonathan se apresuró a robarle el bollo y el cruasán, que devoró con avidez bajo la mirada atónita de su amigo.

Un taxi los condujo desde el aeropuerto de Heathrow hasta el centro de Londres.

A primera hora de la mañana, atravesar Hyde Park era una delicia capaz de hacerle olvidar a uno que se encontraba en el corazón de una de las mayores capitales de Europa. Troncos de árboles centenarios emergían de la cortina brumosa que todavía cubría las inmensas extensiones de césped. Jonathan miró por la ventanilla y vio dos caballos grises con telas moteadas que trotaban solemnemente sobre la arena recién alisada del camino de herradura. Franquearon la verja de Prince Gate. Aún no eran las ocho de la mañana, y sin embargo la rotonda de Marble Arch ya era un infierno circulatorio. Subieron por Park Lane y el taxi por fin los dejó bajo el toldo del hotel Dorchester, situado en el límite del parque del distinguido barrio de Mayfair. Cada uno ocupó su propio cuarto. Luego, Peter fue a buscar a Jonathan al suyo. Éste se estaba vistiendo y le abrió la puerta ataviado con una camisa blanca y unos calzoncillos escoceses a cuadros.

–¡Ahí es donde se demuestra la elegancia del viajero! –exclamó Peter al entrar–. Me encantaría saber qué te pondrías si te llevase a África. Este vuelo me ha dejado exhausto –añadió, desplomándose en el gran sillón de cuero que se encontraba junto a la ventana.

Jonathan desapareció en el cuarto de baño sin responder.

–¿Todavía estás de morros? –gritó Peter.

Jonathan asomó la cabeza por el hueco de la puerta.

–He pasado las últimas horas de mi fin de semana viendo cómo dormías en un avión y probablemente estoy en proceso de separación a cuatro semanas de mi boda. ¿Por qué debería estar de morros? –preguntó, ajustándose el nudo de la corbata.

–¿Siempre dejas los pantalones para el final? –le interrogó Peter, burlón.

–¿Tienes algún problema con ello?

–En absoluto, aunque personalmente, en caso de incendio me importa menos salir al pasillo sin la corbata.

Jonathan lo fulminó con la mirada.

–No pongas esa cara –continuó Peter–, recuerda que estamos aquí por tu pintor.

–Espero que al menos tu informador sea de fiar.

–¡Con lo que nos cobra, más le vale! Su mensaje decía «Cinco pinturas» –contestó Peter mirando por la ventana.

–¡Pues está equivocado, créeme!

–Encontré su correo en mi ordenador al despertarme y no he conseguido hablar con él. Aquí ya era tarde, y no puedo reprocharle que haga su vida un domingo por la noche.

–¿Te volviste a levantar en plena tarde?

Peter pareció casi molesto cuando respondió a Jonathan.

–Había trasnochado un poco... Oye, amigo mío, soy yo quien ha sacrificado su fin de semana para que tú satisfagas tu pasión, así que trata de no echarme la culpa.

–¡Como si una venta de esta envergadura no fuese a arreglar tus asuntos con tus asociados, señor comisario tasador!

–Digamos que ambos hemos sacrificado nuestro fin de semana por una causa común.

–¿Tienes más información?

–La dirección de la galería donde estarán expuestas las telas a partir de hoy. Allí es donde deberán tener lugar los peritajes antes de que el o los propietarios elijan al afortunado que se ocupará de la venta.

–¿Quién es la competencia?

–Cualquiera que tenga un martillo y sepa decir: ¡adjudicado! Cuento contigo para que sea el mío el que se oiga.

La notoriedad de Jonathan iba a ser un as en la manga en la partida de seducción que emprenderían los distintos comisarios tasadores para hacerse con la venta.

Siendo el primero en presentarse y haciéndolo en compañía de un especialista de la talla de Jonathan, Peter disfrutaba de una gran ventaja.

Cuando atravesaron el gran vestíbulo del Dorchester, Peter se detuvo ante el mostrador del conserje y le preguntó qué dirección debía tomar para llegar al lugar cuyas señas tenía escritas en el papel que le mostró. El hombre vestido de rojo rodeó rápidamente el mostrador, desplegó un plano de la zona y trazó con una pluma el itinerario que su huésped debería seguir para encontrar la galería de arte. En tono afectado, le recomendó que alzase la vista en varios puntos del recorrido que marcó con una cruz, para admirar una fachada o un edificio determinados que no dejarían de añadir interés a su visita. Perplejo, Peter enarcó una ceja y le preguntó al conserje si por casualidad no tendría un primo lejano o algún pariente que viviera en Boston. El conserje se sorprendió ante la pregunta y los escoltó hasta la puerta giratoria, que hizo rodar cuando ellos pasaron. Los acompañó incluso bajo el toldo y se sintió con el deber de repetir una a una todas las indicaciones que les había dado hacía un minuto. Peter le arrancó el plano de las manos y tiró del brazo de Jonathan.

Las callejuelas por las que pasaron resplandecían bajo el sol. Los escaparates de las tiendas a lo largo de las aceras de piedra blanca rivalizaban en colorido. Los parterres de flores colgados a intervalos en los cuellos de las farolas se balanceaban bajo una brisa ligera. Jonathan tenía la sensación de estar viviendo en otros tiempos, en otra época. Caminaba rumbo a una cita que esperaba desde siempre, admirando los tejados de pizarra y las tejas de las casas. Y aunque el informador de Peter se equivocase, aunque Jonathan se llevase una decepción para la cual se estaba preparando, sabía que en una de esas galerías que daban la espalda a Picadilly por fin vería de cerca los últimos cuadros de Vladímir Radskin. Apenas les llevó diez minutos presentarse ante el número 10 de Albermarle Street. Peter cogió el trocito de papel de su chaqueta para comprobar la dirección, echó un vistazo a su reloj y metió la cara entre los travesaños de hierro que protegían el cristal.

–Aún debe de estar cerrado –dijo con un gesto decepcionado.

–Tendrías que trabajar en la policía –replicó Jonathan como un rayo.

Al otro lado de la calzada, Jonathan vio el escaparate de un pequeño establecimiento donde servían cafés y pastas vienesas. Decidió cruzar la calle y Peter lo siguió. El lugar era acogedor. El aroma de los granos recién molidos se mezclaba con el de los bollos apenas salidos del horno. Los escasos clientes apoyaban los codos en mesas altas y cada uno estaba inmerso en la lectura de un periódico o de una revista. Cuando entraron, ninguno de ellos levantó la cabeza.

Ante el antiguo mostrador de mármol granulado pidieron dos capuchinos y cada uno se llevó su refrigerio a la mesita que había junto al cristal. Fue allí donde Jonathan vio a Clara por primera vez. Vestida con una gabardina beis, estaba sentada en uno de los taburetes y hojeaba el *Herald Tribune* mientras tomaba un café con leche. Absorta en la lectura, se llevó distraídamente el líquido humeante a la boca, hizo una mueca al quemarse la lengua y, sin apartar los ojos en ningún momento del artículo que estaba leyendo, volvió a dejar la taza a tientas y giró una página muy deprisa. Clara tenía un encanto sensual, incluso engalanada con el bigote blanco que la crema le había dejado encima del labio superior. Jonathan sonrió, cogió una servilleta de papel, se acercó a ella y se la tendió. Clara la tomó sin levantar la cabeza, se limpió y se la devolvió de forma mecánica. Jonathan se la metió en el bolsillo y ya no pudo dejar de mirarla. Ella acabó de leer algo que pareció contrariarla, apartó el periódico y sacudió la cabeza de derecha a izquierda. Luego se volvió mientras miraba a Jonathan, perpleja.

–¿Nos conocemos?

Jonathan no contestó. Con la servilleta de papel en la mano, le señaló la punta del mentón. Clara se secó la parte inferior de la cara, devolvió la servilleta, reflexionó unos segundos y se le iluminaron los ojos.

–Perdón –dijo–. Lo siento mucho, no sé por qué leo la prensa, siempre consigue ponerme furiosa para el resto del día.

–¿Y qué contaba ese artículo? –preguntó Jonathan.

–Nada importante –respondió Clara–, tonterías que quieren ser técnicas y cultas y que al final no son más que consideraciones pretenciosas.

–¿De veras?

–Es muy amable por su parte interesarse tanto, pero seguramente no entendería nada, el mundo al que me dedico es terriblemente aburrido y complicado.

–Deme una oportunidad: ¿a qué planeta se refiere?

Clara miró su reloj y cogió rápidamente la bufanda que había dejado en el taburete más próximo.

–¡La pintura! La verdad es que tengo que irme, llego tarde, estoy esperando una entrega.

Se dirigió a la puerta y se volvió justo antes de salir.

–Gracias otra vez por...

–No hay de qué –la interrumpió Jonathan.

Ella esbozó una larga reverencia y abandonó el establecimiento. Jonathan la miró atravesar corriendo la calle al otro lado del cristal. En la acera de enfrente, Clara introdujo una llave en un pequeño estuche fijado en la fachada y la persiana de hierro de la galería situada en el número 10 de Albermarle Street se levantó. Peter se aproximó a Jonathan.

–¿Qué estás haciendo?

–Creo que ya podemos ir –respondió Jonathan, que contemplaba cómo la silueta de Clara desaparecía en el interior de la galería.

–¿Es ella la persona con la que estamos citados?

–Tengo la impresión de que así es.

–Bien, en ese caso, hazme el favor de cambiar de inmediato tu modo de mirarla.

–¿De qué estás hablando?

–De que me estás tomando por tonto, pero no importa, llevas veinte años haciéndolo.

En respuesta al semblante sorprendido de Jonathan, Peter hizo una mueca mientras se señalaba la punta de la barbilla y salió del café imitando el gesto de agitar un pañuelo. La luz diurna iluminaba la galería. Jonathan apoyó la cabeza contra el cristal. Las paredes estaban desnudas, la habitación vacía; la joven debía de encontrarse en la parte de atrás de la tienda. Pulsó el pequeño timbre que se encontraba justo al lado de la puerta de madera pintada de azul. Peter estaba detrás de él. Clara apareció unos instantes después, con el abrigo todavía puesto, y enseguida se puso a rebuscar en los bolsillos. Sonrió al reconocer a Jonathan, descorrió el pestillo y entornó la puerta.

–¿He olvidado las llaves en la mesa?

–No –dijo Jonathan–; si no, supongo que no habría podido entrar.

–Tiene razón. ¿El monedero, entonces?

–¡Tampoco!

–¡La agenda! Siempre la pierdo, será que aborrezco las citas.

–No ha olvidado nada de nada, se lo aseguro.

Impaciente, Peter pasó delante de Jonathan y le mostró a Clara su tarjeta de visita.

–Peter Gwel, representante de la firma Christie's, hemos llegado de Boston esta misma mañana para verla.

–¿Boston? Eso está muy lejos. ¿Así que su establecimiento no está en Londres? –preguntó Clara mientras franqueaba el paso a sus visitantes.

Volviendo sobre sus pasos, les preguntó qué podía hacer por ellos. Peter y Jonathan se miraron sorprendidos. Jonathan la siguió hacia el fondo de la galería.

–Soy especialista en pintura. Nos habían dicho que...

Clara lo interrumpió, divertida.

–Ya supongo lo que les ha traído aquí, aunque llegan muy pronto. Como pueden constatar, la primera entrega no llegará hasta el mediodía.

–¿La primera entrega? –preguntó Jonathan.

–Por cuestiones de seguridad, los cuadros serán transportados individualmente, al ritmo de uno por día. Si quieren verlos todos, tendrán que quedarse toda la semana en la ciudad. Ésta es una galería independiente, pero en este oficio a menudo son las aseguradoras las que mandan.

–¿Teme que se cometa un robo durante el transporte?

–Robo, accidente... Una colección como ésta exige ciertas precauciones.

Un camión de reparto con los colores de la Delahaye Moving aparcó delante de la tienda. Clara le hizo una seña al encargado, que salía de su cabina. Peter y Jonathan estaban de suerte: acababa de llegar el primer cuadro. La puerta trasera descendió y tres hombres transportaron una caja inmensa hasta el centro de la galería. Con sumo cuidado, desmontaron una a una las tablas que protegían la obra. Cuando por fin la extrajeron de su sarcófago de madera, Clara indicó a los operarios el cimacio donde debían colocarla. Jonathan ardía de impaciencia. Los transportistas la fijaron con una precisión admirable. En cuanto se alejaron de ella, Clara inspeccionó el marco y estudió minuciosamente la tela. Satisfecha, firmó el recibo que le tendía el encargado.

Cuando el camión abandonó la calle, casi habían pasado dos horas. Durante todo ese tiempo, Peter y Jonathan habían observado religiosamente cómo Clara recibía e instalaba el cuadro. Jonathan quiso ayudarla en varias ocasiones, pero ella no se lo permitió. Conectó el marco a la alarma y se subió a una gran escalera de mano para orientar uno a uno los pequeños proyectores que iluminaban la tela. Jonathan se colocó enfrente y le dio algunas indicaciones que ella no tuvo demasiado en cuenta. Clara volvió a bajar varias veces para observar por sí misma el trabajo realizado. Murmurando algunas palabras que sólo ella podía comprender, se subía de nuevo a la escalera y modificaba la iluminación. Peter susurró al oído de su amigo que, hasta entonces, había creído que sólo él estaba loco y poseído por el pintor ruso, pero que desde aquel momento le parecía que el título estaba muy disputado. Jonathan lo fulminó con el rabillo del ojo y Peter se alejó; pasó el resto de la mañana colgado de su teléfono móvil. Se paseaba frente al cristal en el transcurso de sus conversaciones, tanto por el interior de la galería como por la acera, mientras Jonathan y Clara intercambiaban puntos de vista sobre la calidad de la luz obtenida. Hacia la una de la tarde, Clara se colocó delante del cuadro, al lado de Jonathan. Con los brazos sobre la cintura, sus rasgos se suavizaron. Le dio un golpecito con el codo que lo sobresaltó.

–Tengo hambre –dijo–, ¿usted no?

–¡Sí!

–¿Le gusta la cocina japonesa?

–Sí.

–¿Y siempre es tan hablador?

–Sí –dijo Jonathan justo antes de encajar otro golpecito.

–Es un cuadro maravilloso, ¿verdad? –repuso Clara con voz emocionada.

La obra representaba un almuerzo en el campo. Había una mesa dispuesta en una terraza de piedra junto a una casa; una docena de comensales estaban sentados, mientras que otros estaban de pie, un poco alejados de la escena. Un álamo inmenso acogía bajo su sombra a dos hombres ataviados con elegancia. El trazo del pintor era tan preciso, que sus labios parecían liberar las frases que intercambiaban. El color del follaje y la luminosidad del cielo atestiguaban una hermosa tarde de un verano desaparecido hacía más de un siglo y que parecía haber perdurado para siempre. Jonathan pensó que ya no existía ni uno solo de aquellos personajes, que sus cuerpos no eran más que polvo; sin embargo, bajo el pincel de Vladímir no desaparecerían jamás, pues bastaba con mirarlos para imaginárselos aún con vida. Por fin rompió el silencio contemplativo que Clara y él mantenían desde hacía varios minutos.

–Es uno de sus últimos cuadros. ¿Se ha dado usted cuenta del particular enfoque? Raras son las escenas pintadas de este modo. Vladímir jugó con la altura para aumentar la profundidad de campo. Como habría hecho un fotógrafo.

–Y usted, ¿se ha dado cuenta de que no hay ninguna mujer alrededor de esa mesa? Una silla de cada dos está vacía.

–No las pintaba nunca.

–¿Misógino?

–Viudo e inconsolable.

–¡Le estaba poniendo a prueba! Vamos, acompáñeme, el estómago me atormenta si no le hago caso durante mucho tiempo.

Clara tiró de Jonathan, conectó el sistema de vigilancia electrónica, apagó las luces, encendió la alarma y cerró la puerta detrás de ella. En la acera, Peter, que continuaba paseándose arriba y abajo, les indicó por señas que enseguida terminaría la conversación y se reuniría con ellos.

–¿Es que la batería de su amigo no se agota nunca? ¿O se las arregla para usar la de su interlocutor?

–¡La verdad es que desprende tanta energía, que debe de recargarla él mismo!

–Sí, será algo así. Venga, está aquí al lado.

Jonathan y Clara cruzaron la calle, entraron en un pequeño restaurante japonés y se sentaron a una mesa. Jonathan le presentaba el menú a Clara cuando Peter hizo una tumultuosa entrada y se unió a ellos.

–Un sitio encantador –dijo mientras se sentaba–. Siento haberos hecho esperar, creía que con el cambio de horario tendría un poco de tiempo antes de que abriera el despacho de Boston, pero ya se sabe, los lobos suelen madrugar.

–¿Tienes hambre? –dijo Jonathan, tendiéndole la carta a su amigo.

Peter abrió el menú y lo apoyó sobre la mesa con cara de decepción.

–¿De veras le gusta el pescado crudo? Yo prefiero alimentos que me hacen olvidar que estaban vivos antes de llegar ante mi vista.

–¿Se conocen desde hace mucho? –preguntó Clara, divertida.

El almuerzo fue agradable. Peter echó mano de todo su encanto e hizo reír a Clara varias veces. Discretamente, garabateó algunas palabras en una servilleta de papel que deslizó en la mano de Jonathan. Éste la desdobló sobre las rodillas y, después de leerla, hizo una bola con el papel y la dejó caer al suelo. Al otro lado de la calle, bajo un cielo londinense cada vez más encapotado, el cuadro de un viejo pintor ruso brillaba con la luz de un verano lejano que jamás dejaría de existir.

Después del almuerzo Peter visitó las oficinas de Christie's, mientras que Jonathan volvió con Clara a la galería. Allí pasó la tarde, sentado en un taburete delante de la tela. Examinó cada detalle con lupa y tomó notas metódicamente en un gran cuaderno con espiral.

Peter había enviado a un fotógrafo, que se presentó en la galería al final de la jornada e instaló minuciosamente su material: grandes paraguas blancos sostenidos en trípodes se abrían a cada lado del cuadro, atados con cordeles a la cámara de 6 × 6.

En la oscuridad de la noche, el escaparate se iluminó con el brillo de docenas de flashes que se sucedían a un ritmo trepidante. Desde la calle, uno podía creer que había estallado una tormenta en el interior de la galería. Al final del día, el fotógrafo guardó su equipo en la trastienda y se despidió de Jonathan y de Clara. Volvería al día siguiente, a la misma hora, para el segundo cuadro. Mientras se despedía de Clara en el umbral de la puerta, Jonathan autentificó la firma en la parte inferior de la tela. El cuadro era, sin duda, el *Desayuno en el campo* de Vladímir Radskin, que había sido expuesto en París a principios de siglo, luego en Roma, antes de la guerra, y que ahora formaría parte de la próxima edición del catálogo retrospectivo de la obra del pintor.

Hacía ya mucho rato que los efectos del desfase horario pesaban sobre los hombros de Jonathan. Le propuso a Clara ayudarla a cerrar la galería. Ella se lo agradeció, pero todavía tenía trabajo, así que lo acompañó hasta la puerta.

–Ha sido un día estupendo –dijo él–, le estoy muy agradecido.

–La verdad es que yo no he hecho gran cosa –respondió Clara con voz dulce–, es a él a quien hay que agradecérselo –añadió, señalando el cuadro.

Al salir a la calle, a duras penas contuvo un bostezo. Se volvió y miró fijamente a Clara.

–Tenía mil preguntas que hacerle –dijo.

Ella sonrió.

–Creo que tendremos toda la semana para eso, vaya a acostarse, llevo toda la tarde preguntándome cómo conseguía mantenerse en pie.

Jonathan se alejó y esbozó una despedida con la mano. Clara levantó la suya y un taxi negro se detuvo junto a la acera.

–Gracias –dijo Jonathan.

Subió al vehículo y le hizo otra pequeña seña por la ventanilla. Clara volvió a entrar y cerró la puerta de la galería, se acercó al cristal y miró, pensativa, cómo se alejaba el taxi. Había algo que no podía quitarse de la cabeza desde el almuerzo: la sensación de que conocía a Jonathan de hacía tiempo la obsesionaba. Al verle contemplar el cuadro, sentado sobre su taburete, algunos de sus gestos le habían parecido casi familiares. Pero por más que pensara en ello, no conseguía asociar un lugar ni una fecha a esa impresión. Se encogió de hombros y volvió a su despacho.

Cuando llegó a su habitación, Jonathan vio que una lucecita roja parpadeaba sobre el dial del teléfono. Enseguida dejó su cartera, descolgó el auricular y pulsó la tecla del contestador. La voz de Peter no había perdido ni un ápice de su energía. Ambos estaban invitados a una inauguración seguida de una cena en un restaurante elegante, con «platos de verdad», «cocinados», había añadido Peter. Le invitaba a encontrarse con él en el vestíbulo, hacia las nueve.

Jonathan fingió ignorar el motivo de su ligera decepción y dejó un mensaje a su vez en la habitación de Peter. El cansancio lo había vencido, prefería dormir, ya se reunirían a la mañana siguiente. A continuación marcó el número de su casa de Boston. El teléfono sonó en el vacío, tal vez Anna estuviera en su taller y hubiera silenciado el timbre, o tal vez hubiera salido sin conectar el contestador. Jonathan se desnudó y entró en el cuarto de baño.

De vuelta a su habitación, envuelto en un grueso albornoz de algodón, cogió su cuaderno y releyó sus notas. Rozó con el dedo el pequeño boceto que había dibujado aquella tarde en la parte inferior de una página llena de descripciones. Aunque el trazo fuera torpe, el perfil de Clara era perfectamente reconocible. Jonathan suspiró, dejó su cuaderno, apagó la luz, se puso las manos detrás de la nuca y esperó a que el sueño le venciera.

Una hora después seguía sin dormir. Saltó fuera de la cama, cogió del armario un traje y una camisa limpia, y abandonó la habitación. Atravesó corriendo el largo pasillo que conducía a los ascensores, se ató los zapatos en el interior y terminó de ajustarse la corbata cuando se abrieron las puertas en la planta baja. Localizó a Peter, que esperaba junto a una columna de mármol en el otro extremo del vestíbulo. Jonathan se apresuró, pero mientras se acercaba a su amigo otra silueta, ésta muy femenina, apareció por la columna. El brazo de Peter rodeó la cintura de una joven escultural cuyo atuendo no cubría más que lo estrictamente necesario. Jonathan sonrió y se detuvo, mientras Peter desaparecía en buena compañía por la puerta principal. A solas en mitad del vestíbulo del Dorchester, Jonathan vio el bar y decidió ir allí. Había bastante gente. El camarero lo instaló en una mesita y Jonathan se hundió en un sillón de cuero negro. Un bourbon y un sándwich le ayudarían seguramente a conciliar los efectos del desfase horario con sus volubles deseos.

Estaba abriendo un periódico cuando su mirada se vio atraída por los cabellos blancos y plateados de una mujer que estaba sentada en el bar. Jonathan se inclinó, pero varias personas apiñadas en la barra obstruían su campo de visión, impidiéndole ver su rostro. Jonathan la vigiló unos instantes; ella parecía observar al camarero.

Iba a retomar su lectura cuando advirtió el modo tan particular en que la mano manchada de la mujer agitaba los cubitos en el vaso de whisky; luego se fijó en la sortija que adornaba su dedo. Su corazón se aceleró y se levantó de inmediato. Abriéndose camino entre la multitud con gran dificultad, por fin logró llegar hasta la barra.

Sin embargo, otra mujer de edad muy distinta había tomado asiento en el taburete. Estaba rodeada de un puñado de comerciantes y lo agarró alegremente, invitándole a unirse a ellos. Jonathan tuvo dificultades para despegarse de la panda de fiesteros. Se puso de puntillas y, como por encima de un océano imaginario, vio la cabellera blanca deslizándose hacia la salida. Cuando llegó a la puerta, el vestíbulo del hotel estaba vacío. Lo atravesó corriendo, se precipitó bajo el toldo y le preguntó al portero si había visto salir a una mujer hacía un momento. Desconcertado, éste le dio a entender con gran elegancia que su oficio le impedía responder a esa clase de preguntas: estaban en Londres.

Jonathan y Peter se encontraron a primera hora de la mañana para ir a correr por el parque.

–¡Vaya cara! Se nota que llevas veinticuatro horas sin dormir, no te sienta nada bien –le dijo Peter a Jonathan–. ¿Volviste a salir?

–No, no pude pegar ojo, eso es todo. ¿Y qué tal tu noche?

–Aburrida a más no poder, en compañía de notables.

–¿De veras? ¿Y cómo estuvo ella?

–¡Notable!

–Ya me lo parecía.

Peter se apoyó en el hombro de Jonathan.

–Bueno, digamos que cambié de planes en el último momento, pero sólo porque tú habías decidido no acompañarme. Necesito café –dijo jovialmente–. Yo tampoco he dormido mucho.

–Hazme un favor, ahórrate los detalles –continuó Jonathan.

–Veo que estás de buen humor. Bien, nuestros rivales no habrán reunido a sus equipos antes del viernes, lo que nos concede una semana de ventaja para llevarnos esta venta. Así que prepara una cara seductora para ir a ver a nuestra galerista. Todavía no sé a quién pertenecen esos cuadros pero su opinión será determinante, y tengo la sensación de que no es insensible a tus encantos.

–Peter, no me cabrees.

–Lo que te decía: ¡estás de un humor excelente! –repuso Peter sin aliento–. Deberías ir ahora mismo.

–¿Cómo dices?

–Sólo tienes una cosa en la cabeza, y es volver a ver tu cuadro. ¡Así que date prisa!

–¿Tú no vas a venir?

–Tengo trabajo. Llevarse las telas de Radskin a Estados Unidos no es una partida ganada de antemano.

–Pues organiza la venta en Londres.

–Nada de eso, te necesito sobre el terreno.

–No veo dónde está el problema.

–Cuando vuelvas al hotel a cambiarte coge tu agenda y comprueba lo que te voy a decir: se supone que te vas a casar en Boston a finales de junio.

–¿Quieres vender esos cuadros dentro de un mes?

–Cerramos el catálogo general dentro de diez días, así que aún puede darme tiempo.

–¿Sabe tu cerebro que no hablas en serio cuando dices eso?

–Ya lo sé, parece una locura, pero no tengo otra opción –refunfuñó Peter.

–No creo que sea una locura, sino algo mucho peor.

–Jonathan, ese artículo puso el despacho patas arriba. Ayer, en los pasillos, la gente me miraba como si me estuviera muriendo.

–¡Eres un paranoico!

–Ojalá –suspiró Peter–. No, te aseguro que las cosas están tomando un cariz muy feo; esta venta puede salvarme y la verdad es que te necesito más que nunca.

Asegúrate de que seamos nosotros quienes nos tengamos que ocupar de tu viejo pintor. Si esta adjudicación se nos escapa no podré recuperarme, y, por lo tanto, tú tampoco.

Aquella semana, las oficinas londinenses de Christie's estaban en plena efervescencia. Especialistas y vendedores, compradores y comisarios se sucedían en las diferentes salas de reuniones. Los especialistas de cada departamento se cruzaban allí mañana y tarde, reuniéndose para establecer los calendarios de las ventas en las distintas sucursales alrededor del mundo, validar los catálogos y repartir las obras entre los adjudicatarios. Peter tenía que convencer a sus socios para que le dejasen llevarse los cuadros de Vladímir Radskin a Boston; de este modo, al cabo de poco más de un mes, su martillo decidiría una venta de telas de maestros del siglo XIX de la que las revistas internacionales de arte no dejarían de hacerse eco. Sin embargo, no era habitual que aquella gente se adelantara al programa. Peter sabía que iba a ser una partida difícil y, cuando estaba a solas, acababa dudando de sí mismo.

Eran poco más de las diez cuando Jonathan llegó ante el número 10 de Albermarle Street; Clara ya se encontraba allí. A través del cristal, le vio bajar del taxi y atravesar la calle en dirección al pequeño café. Volvió a salir unos minutos después, con dos grandes capuchinos en vasos de plástico, y ella le abrió la puerta. Hacia las once, el camión de la Delahaye Moving aparcó junto a la acera, delante de la galería. La caja que contenía el segundo cuadro fue colocada sobre caballetes en el centro de la estancia y Jonathan sintió crecer en su interior una cierta impaciencia cargada de recuerdos. Gracias a una parte de su infancia de la que nunca había sabido desprenderse por completo, conservaba intacta la capacidad de maravillarse. ¡Cuántos adultos de su entorno habían olvidado aquel sentimiento insólito! Por muy extraño que pudiera parecerle a algunos, Jonathan era capaz de entusiasmarse con los colores de una tarde, el olor de una estación del año, la sonrisa en el rostro de una transeúnte anónima, la mirada de un niño, el gesto de un anciano o hasta una de esas sencillas delicadezas que proceden del corazón y alimentan el día a día. Y aunque Peter se burlase a veces de él, Jonathan se había prometido permanecer siempre fiel a la promesa que le había hecho un día a su padre: no dejar nunca de maravillarse. Disimular su impaciencia le parecía aún más difícil que el día anterior. Tal vez tuviera que esperar todavía un poco para descubrir la obra con la que tanto había soñado, y tal vez ni siquiera formase parte de aquella colección, pero Jonathan creía en su buena estrella.

Observaba a los operarios desclavar uno a uno los listones de madera clara. Con cada tabla que levantaba el jefe del equipo, sentía que su corazón latía un poco más deprisa. Clara, a su lado, cruzó los dedos detrás de la espalda, temblando también de impaciencia.

–Ojalá arrancasen los trozos de madera de una vez y pudiéramos verlo ahora mismo –murmuró Jonathan.

–Precisamente les elegí porque hacen todo lo contrario –respondió Clara en voz baja.

La caja era más impresionante que la de la víspera. Desembalar el cuadro aún llevaría una hora larga. El equipo de transportistas hizo una pausa y fueron todos a sentarse a la parte trasera de su camión para aprovechar aquel día tan soleado. Clara cerró la galería e invitó a Jonathan a ir a tomar un poco el aire. Retomaron la calle a pie y, sin previo aviso, ella detuvo un taxi.

–¿Alguna vez ha ido a pasear junto al Támesis?

Caminaban bajo las filas de árboles, a lo largo de los muelles, mientras Jonathan respondía a todas las preguntas que le hacía Clara. Quiso saber qué le había incitado a convertirse en un especialista y, sin saberlo, abrió una ventana a su pasado. Se sentaron en un banco y Jonathan le habló de aquella tarde de otoño en que su padre lo había llevado a un museo por primera vez. Describió las proporciones de la inmensa sala en la que habían entrado. Su padre le había soltado la mano y él se había sentido libre. De repente, el niño se detuvo ante un cuadro. El hombre que aparecía pintado en la tela, en el centro de la enorme pared, parecía mirarlo sólo a él.

«Es un autorretrato –había murmurado su padre–. Se pintó a sí mismo, muchos pintores lo hacen. Te presento a Vladímir Radskin.»

Y el pequeño, cómplice, se puso a jugar con el viejo pintor. Ya fuese a ocultarse detrás de una columna, ya recorriera la sala a zancadas de un lado a otro, con paso lento o apresurado, hacia delante o hacia atrás, la mirada lo seguía a él y sólo a él. E incluso cuando cerraba los párpados, el niño sabía que aquel hombre de la pintura le seguía observando. Fascinado, se acercó a la tela y las horas que pasó delante del cuadro transcurrieron como si nada. Como si todos los relojes de mil lugares hubieran renunciado a su tictac, como si dos épocas distintas se unieran bajo el poder de un solo sentimiento, de una mirada. Y desde sus doce años de edad, Jonathan se puso a imaginar. Con los trazos de un pincel en un cuadro que desafiaba todas las reglas de la física, los ojos de un hombre le decían, más allá de los siglos, palabras que sólo un niño puede escuchar. Su padre se había colocado detrás de él, sentado en un banco. Jonathan contemplaba la tela, cautivado; el padre contemplaba a su hijo, el cuadro más hermoso que poseía.

–Y si aquel día no le hubieran llevado al museo, ¿qué habría hecho en la vida? –preguntó Clara con voz tímida.

¿Era su padre, aquel hombre de eterna sonrisa, quien había guiado sus pasos hacia aquel pequeño cuadro colgado en la pared, era el destino o eran ambos, que se habían fundido ese día? Jonathan no respondió. A su vez le preguntó a Clara qué la ligaba al viejo pintor. Ella sonrió, miró a lo lejos el reloj de la torre del Big Ben, se levantó y paró un taxi.

–Todavía nos queda mucho trabajo por delante –dijo.

Jonathan no insistió. Aún le quedaban dos días y, si la suerte le sonreía, si aquel quinto cuadro existía realmente, tal vez le quedaran incluso tres para pasarlos junto a ella.

A la mañana siguiente, Jonathan se había reunido con Clara, y los camioneros habían traído el cuadro del día. Mientras se afanaban en desempaquetarlo, un deslumbrante y pequeño Austin se detuvo ante el escaparate. Un joven bajó de él y entró en la galería con los brazos cargados de documentos. Clara le hizo una señal y desapareció en la trastienda. El desconocido llevaba diez minutos escudriñando a Jonathan en silencio cuando Clara volvió a aparecer, vestida con un pantalón de cuero y un top diseñado por un gran modisto. Jonathan quedó fascinado por la sensual ternura que desprendía.

–Volveremos dentro de dos horas –le dijo Clara al joven.

Luego cogió a toda prisa los documentos que él había dejado sobre la mesa, se dirigió a la puerta y se volvió hacia Jonathan.

–Usted viene conmigo –dijo.

Una vez en la calle, se inclinó un poco y murmuró:

–Se llama Frank, trabaja en mi otra galería. ¡Arte contemporáneo! –añadió, ajustándose el sostén.

Jonathan, aún estupefacto, le abrió la portezuela. Clara entró en el coche y se escurrió en el asiento opuesto pasando por encima del cambio de marchas.

–Aquí tenemos el volante en el otro lado –dijo, risueña, mientras hacía rugir el motor del Cooper.

La galería del Soho era cinco veces más grande que la de Mayfair. Las obras expuestas no pertenecían al campo de dominio de Jonathan, pero en sus paredes reconoció tres Basquiat, dos Andy Warhol, un Bacon, un Willem de Kooning y, mezcladas con muchas otras obras, algunas esculturas modernas, entre ellas dos de Giacometti y de Chillida.

Clara discutió media hora con un cliente, le sugirió a un ayudante que intercambiaran dos cuadros, verificó la limpieza de un mueble pasando discretamente el dedo por encima y firmó dos cheques que una joven de cabellos rojos salpicados con mechas verdes le trajo encima de un cuaderno naranja. A continuación tecleó una carta en un ordenador que muy bien podría haber sido una obra de arte por sí solo, y después, satisfecha, le propuso a Jonathan que la acompañase a casa de un colega. Pidió que avisasen a Frank de que tendría que quedarse un poco más en Mayfair y, después de saludar a las cuatro personas que trabajaban en su galería, se marcharon otra vez con el pequeño coche.

Clara atravesó las estrechas calles del Soho con una conducción enérgica y consiguió meterse en la única plaza libre de Greek Street. Jonathan la esperó mientras ella negociaba con un marchante la adquisición de una escultura monumental. Llegaron al número 10 de Albermarle Street a primera hora de la tarde. El cuadro no era el que él esperaba descubrir, pero su belleza compensó la decepción de Jonathan.

La llegada del fotógrafo marcó el final de una intimidad efímera en la que ambos, sin llegar a admitirlo, se sentían felices. Mientras Jonathan evaluaba la tela, Clara se ocupaba detrás de su escritorio de ordenar papeles y redactar notas. De vez en cuando, levantaba la mirada y lo observaba; de vez en cuando, él hacía lo mismo. Las raras veces en que sus miradas se sorprendían la una a la otra, se esquivaban enseguida, evitando coincidir.

Peter había pasado el día en Christie's, ocupado en reunir los requisitos necesarios para la preparación de su venta. Había recuperado los negativos del día anterior y seleccionaba los que podrían aparecer en su catálogo. Cuando no estaba al lado de uno de sus administradores para asegurarle que conseguiría organizarlo todo dentro del plazo, se encerraba en el cuarto del archivo. Frente a la pantalla de un ordenador personal conectado a uno de los mayores bancos de datos privados que existían en el sector de la venta de arte, archivaba y seleccionaba todos los artículos publicados y todas las imágenes reproducidas desde hacía un siglo sobre la obra de Vladímir Radskin. El consejo de administración que decidiría su suerte se había aplazado hasta el día siguiente y, con el paso de las horas, Peter tenía la sensación de que la camisa no dejaba de encogerse alrededor del cuello.

Quedó con Jonathan en el hotel para llevarlo a una velada frívola, cosa que su amigo detestaba por encima de todo. Pero como eran gajes del oficio, puso buena cara en el transcurso de un espectáculo musical que reunió a los que eran grandes coleccionistas para uno y grandes compradores para el otro. Al término de la representación, Jonathan se marchó sin dilación. Mientras recorría las calles de Covent Garden, pensaba en la vida que las había llenado en otros tiempos. Las radiantes fachadas estaban desconchadas, y las calles del barrio, uno de los más apreciados de la gran metrópoli, eran por entonces miserables e insalubres. En algún lugar, bajo la tenue luz de una de las farolas que iluminaban los brillantes adoquines de aquellas callejuelas se hubiera podido cruzar, ciento cincuenta años atrás, con un pintor ruso que dibujaba con pedazos de carbón afilado a los transeúntes que, apresurados, deambulaban alrededor del mercado.

En cuanto a Peter, se encontró con una vieja amiga italiana que estaba de paso por Londres. Había dudado unos instantes antes de invitarla a tomar una última copa. Después de todo, su reunión tendría lugar a primera hora de la tarde, el momento del día en que comenzaba a sentirse inspirado. Sólo era medianoche y entró en un club del brazo de Méléna.

Jonathan se levantó temprano. Peter no estaba en el vestíbulo a la hora acordada, así que aprovechó para ir hasta la galería andando a paso ligero. Se encontró con la persiana cerrada, compró un periódico y esperó a Clara en el café. El joven Frank acudió un poco más tarde y le entregó un sobre. Jonathan lo abrió.

Querido Jonathan:

Disculpe mi ausencia, esta mañana no podré estar con usted. Frank ocupará mi sitio. Por supuesto, tiene las puertas de la galería abiertas. Sé que estará impaciente por descubrir el cuadro de hoy: es maravilloso. Esta vez dejo completamente en sus manos la disposición de las luces, sé que lo hará de maravilla. Me reuniré con usted en cuanto pueda. Le deseo que pase un buen día con Vladímir; me hubiera gustado estar en compañía de los dos.

Afectuosamente,

CLARA

Pensativo, volvió a doblar la nota y se la metió en el bolsillo. Cuando levantó la cabeza, el joven ya se encontraba en el interior de la galería. El camión de la Delahaye Moving aparcó junto a la acera. Jonathan se quedó sentado en la barra y releyó la nota de Clara. Se reunió con Frank hacia las once, y a mediodía todavía no habían intercambiado ni una palabra. El encargado les informó de que aún les ocuparía un buen rato desembalar el cuadro. Jonathan miró su reloj y suspiró; ni siquiera le apetecía estudiar las telas que ya estaban colgadas.

Avanzó hacia la cristalera. Primero contó los coches que pasaban; luego calculó el promedio de tiempo que le llevaba al guardia de la acera de enfrente rellenar una multa; siete clientes habían entrado en el café, de los cuales cuatro habían consumido allí mismo; la farola debía de medir dos metros diez, aproximadamente. Un Cooper rojo se acercó por la calzada, pero no se detuvo. Jonathan suspiró, se dirigió al escritorio de Clara y cogió el teléfono.

–¿Dónde estás? –le preguntó a Peter.

–¡En el infierno! Tengo una resaca de las que hacen época y mi reunión se ha adelantado una hora.

–¿Estás preparado?

–Voy por la cuarta aspirina, si es eso lo que quieres saber, y ya estoy pensando en la quinta. ¿Qué significa esa voz? –le preguntó Peter cuando ya iba a colgar.

–¿Qué pasa con mi voz?

–Nada, sólo que parece que acabes de enterrar a tu abuela.

–Ay, amigo mío, eso ya está más que hecho.

–Perdona, lo siento, estoy histérico.

–Ánimo, yo estoy contigo, todo irá bien.

Jonathan colgó el auricular y observó a Frank, atareado en la trastienda.

–¿Hace mucho que trabaja aquí? –preguntó, aclarándose la garganta.

–Clara me contrató hace tres años –respondió el joven, cerrando el cajón de un archivador.

–¿Y qué tal se llevan? –preguntó Jonathan.

Frank lo miró perplejo y volvió a su trabajo. Jonathan volvió a romper el silencio una hora después, cuando le propuso al joven que se fueran a comer una hamburguesa. Frank era vegetariano.

Peter entró en la sala de reuniones y se instaló en el único sitio libre que quedaba alrededor de la gran mesa de caoba. Colocó bien su asiento y esperó su turno. Cada vez que uno de sus colegas tomaba la palabra, era como si un ejército de tanques armados sobre cadenas oxidadas subiera por sus tímpanos para practicar puntería en sus sienes. Las discusiones se eternizaron. Su vecino de la derecha concluyó su presentación y Peter fue invitado por fin a comenzar la suya. Los miembros del consejo consultaron la carpeta que había distribuido. Especificó el calendario de sus ventas y centró su discurso especialmente en la que iba a organizar en Boston a finales de junio. Cuando comunicó su intención de incluir en ella los cuadros de Vladímir Radskin, recientemente mencionados, un murmullo inundó la asamblea. El director que presidía la sesión tomó la palabra. Le recordó a Peter que la clienta que ofrecía las pinturas de Radskin era una distinguida galerista. Si confiaba las obras del pintor a Christie's, tenía derecho a esperar que se ocuparan de sus intereses con la mayor consideración. No había ninguna necesidad de precipitar las cosas. Las ventas que iban a celebrar en Londres en el segundo semestre eran perfectamente adecuadas.

–Todos leímos aquel artículo y simpatizamos con usted, querido Peter, pero no creo que logre convertir la venta de los Radskin en un acontecimiento. ¡De hecho, tampoco es que sea Van Gogh! –concluyó alegremente el director.

Las risas contenidas de sus colegas sacaron a Peter de sus casillas, pero lo dejaron sin argumentos.

Entró una empleada que traía en una bandeja una pesada tetera de plata. Las discusiones se interrumpieron mientras hacía la ronda de la mesa para servir a quienes lo desearan. La puerta había quedado abierta y Peter vio a James Donovan que salía de un despacho. Donovan era el contacto que cierto domingo le había enviado un correo electrónico a Boston.

–Discúlpenme un segundo –balbució antes de precipitarse hacia el pasillo.

Atrapó a Donovan por la manga y se lo llevó hacia un lado.

–Dígame –gruñó Peter con voz grave–, ¿es que ha perdido mi número? Le he dejado seis mensajes en dos días.

–Buenos días, señor Gwel –respondió sobriamente su interlocutor.

–¿Por qué no me ha devuelto la llamada? ¿También usted lee demasiados periódicos?

–Me han robado el teléfono móvil y no sé de qué me está hablando, señor.

Peter se esforzó por recuperar la calma. Sacudió el polvo de la espalda de Donovan y se lo llevó un poco más lejos.

–Tengo una pregunta terriblemente importante que hacerle, y usted procurará reunir toda la materia gris de que dispone para darme la única respuesta que deseo escuchar.

–Haré lo que pueda, señor –respondió Donovan.

–Sobre lo de Radskin, usted escribió en su mensaje que se habían anunciado cinco cuadros, ¿no?

El joven sacó un pequeño bloc de cuero de su bolsillo y lo hojeó en un sentido y luego en el otro antes de volver hacia atrás. Por fin se detuvo en una página y dijo, con expresión satisfecha:

–Exactamente, señor.

–¿Y cómo obtuvo esa cifra, exactamente? –preguntó Peter al límite de la exasperación.

Su informador le explicó que una galerista se había puesto en contacto con Christie's y que a él le habían encargado acudir a una cita fijada para el viernes anterior a las 14.30 horas en el número 10 de Albermarle Street. Ésta era la dirección de la galerista, que lo había recibido en persona y le había dado todos los datos. Cuando volvió a su despacho a las 16.00 horas, hizo constar la visita en un informe que remitió a su director de departamento a las 16.45 horas. Este último había preguntado si algún subastador de la casa tenía conocimientos sobre el pintor, y la señorita Blenz, del departamento de investigación, había nombrado a Peter Gwel, que solía trabajar con Jonathan Gardner, especialista en Vladímir Radskin.

–Sin más dilación le envié a usted un correo electrónico, que escribí desde mi casa el sábado por la tarde.

Peter lo miró fijamente y dijo con voz lacónica:

–Sin duda, Donovan, ha sido usted muy preciso.

Después de darle las gracias, respiró hondo y entró de nuevo en la sala.

–Tengo un buen motivo para querer presentar esos cuadros en Boston el 21 de junio –anunció con orgullo a la asamblea.

La comisión acordó que, si el último cuadro de Radskin existía realmente, si se trataba de la obra cumbre del pintor y si Jonathan Gardner se comprometía a tasarlo en un plazo muy breve, entonces, y sólo entonces, Peter podría organizar su venta en junio. Antes de permitir que abandonara la sala, el director le hizo una advertencia formal: no toleraría ningún error durante aquel proceso tan delicado; como comisario tasador, Peter se hacía responsable ante sus colegas.

Clara no se había presentado en la galería en todo el día. Una llamada en mitad de la tarde había servido para disculparla. Jonathan había procedido, junto con el joven Frank, a colgar y a graduar la iluminación del cuarto lienzo de la semana, y había dedicado el resto del tiempo a su tarea de especialista. Mientras el fotógrafo tomaba unas instantáneas, Jonathan se presentó en el café. Al buscar unas monedas sueltas en el bolsillo de la chaqueta, encontró la servilleta de papel que le había ofrecido a Clara en el instante en que la conoció. Jonathan advirtió el aroma a almizcle que todavía se desprendía de ella. Regresó al hotel andando, y Peter se reunió con él al caer la noche. Intercambiaron pocas palabras en el transcurso de la velada, pues cada uno estaba ensimismado en sus pensamientos. Peter, agotado y con migraña, subió directamente a acostarse.

De vuelta a su habitación, Jonathan le dejó un mensaje a Anna en el contestador. Luego se tumbó en la cama y retomó sus notas del día.

Clara acababa de bajar la persiana de su galería del Soho tras una extenuante jornada de trabajo. Como era la hora de salida de los teatros, modificó su itinerario para evitar los atascos.

Jonathan encendió el televisor. Hizo un repaso de todos los programas, se levantó y se acercó a la ventana. Algunos coches circulaban a toda velocidad por Park Lane. Miró a sus pies las estelas de luz que se extendían hacia la lejanía. Un Cooper rojo aminoró en el cruce y se alejó en dirección a Notting Hill.

4

Aquel viernes de principios de junio podía ser uno de los días más importantes de su vida. Jonathan ya se había levantado y la avenida desértica que se extendía bajo sus ventanas daba fe de que todavía era muy temprano. Se sentó en el escritorio de un rincón de su habitación y redactó la carta que le mandaría a Anna por fax antes de salir.

Clara:

He intentado encontrarte todas las noches sin éxito. Deberías volver a grabar el mensaje de nuestro contestador; así, al menos, oiría tu voz cuando llamara a casa. A la hora en que escribo estas palabras, aún estarás durmiendo. El sol ya se levanta para mí y me gustaría que estuvieras conmigo, hoy sobre todo. Esta mañana, tal vez descubra por fin el cuadro que llevo esperando tantos años. No quiero pecar de optimista, pero a lo largo de mis jornadas londinenses realmente he acabado aceptando la idea de creer en ello. ¿Será éste el fin de una búsqueda que estoy llevando a cabo desde hace casi veinte años?

Recuerdo mis noches de estudiante en que, solo, leía durante horas las extrañas obras que sugerían la existencia de aquella pintura única. El último cuadro de Vladímir será mi peritaje más bello. Lo he esperado durante mucho tiempo.

Desearía que estos momentos que me alejan de ti no coincidieran con los preparativos de nuestra boda. Pero tal vez estos días nos vayan bien a los dos. Me gustaría que, al regresar a Boston, nos volviéramos a encontrar lejos de esas tensiones que nos separan desde hace demasiadas semanas.

Pienso en ti y espero que estés bien; dime algo.

JONATHAN

Dobló la carta, se la metió en el bolsillo de la chaqueta y decidió pasear bajo el aire templado de la mañana que nacía. Entregó la misiva al conserje al pasar por la recepción y salió a la calle. Al otro lado de la avenida, el parque se ofrecía a los visitantes. Los árboles ya estaban tupidos y los parterres de flores rivalizaban en belleza. Jonathan avanzó hasta el pequeño puente tendido sobre el lago central y contempló los pelícanos majestuosos que se balanceaban sobre las aguas tranquilas. Subiendo por el paseo, pensó que le hubiera gustado vivir en aquella ciudad que le parecía familiar. Se acercaba la hora, así que volvió sobre sus pasos y fue andando a la galería. Al llegar, se instaló en el pequeño café para esperar a Clara. Al cabo de un rato, el Austin aparcó frente a la puerta azul. Clara introdujo la llave en la caja de la alarma que estaba colgada en la fachada y la persiana con enrejado de hierro se abrió a un nuevo día. Clara pareció dudar, la reja quedó inmóvil a media altura y volvió a bajar. Dio media vuelta y cruzó la calle.

Entró con paso decidido y se reunió con él unos minutos después, llevando dos tazas en las manos.

–¡Capuchino sin azúcar! Tenga cuidado, está hirviendo.

Él la miró boquiabierto.

–Para conocer las costumbres de una persona, basta

con tomarse la molestia de observarla vivir –dijo ella mientras acercaba un vaso hacia Jonathan.

Luego se llevó el suyo a los labios.

–Me encanta este cielo –continuó–, la ciudad es muy distinta cuando hace buen tiempo.

–Mi padre decía que, cuando una mujer habla del tiempo, es porque intenta evitar otros temas –respondió Jonathan.

–¿Y qué decía su madre?

–Que, si se daba el caso, lo último que había que hacer era señalárselo.

–¡Su madre tenía razón!

Se miraron fijamente unos instantes y a Clara una franca sonrisa le iluminaba los ojos.

–Sin duda está casado, ¿verdad?

Peter entró en el café en ese preciso momento. Saludó a Clara y enseguida se dirigió a Jonathan.

–Tengo que hablar contigo.

Clara cogió su bolso, miró a Jonathan y dijo que debía abrir la galería, así que les dejaba solos.

–Espero no haber interrumpido ninguna conversación –dijo Peter cogiendo la taza de Clara.

–¿Qué significa esa cara? –preguntó Jonathan.

–¿Sabes?, hay que ser prudente cuando se dice «Muerte a los idiotas», ¡se corre el riesgo de sufrir una hecatombe! Mis socios ingleses se están replanteando su decisión. Piensan que los cuadros de Radskin deben ser puestos a la venta en Londres, dado que es en Inglaterra donde pintó gran parte de su obra.

–¡Vladímir era ruso, no inglés!

–Sí, bueno, gracias, pero eso ya se lo he dicho.

–¿Qué piensas hacer?

–¡Qué he hecho ya, querrás decir! He exigido que la

venta tenga lugar donde vive el mayor especialista sobre el tema.

–¿De veras?

–¡Y el mayor especialista sobre el tema eres tú, imbécil!

–Me encanta que seas tú quien lo dice.

–El problema es que el consejo no ve ningún inconveniente en correr con los gastos de tu estancia en Londres, por todo el tiempo que juzgues necesario.

–Muy amable de su parte.

–¡No digas tonterías! Sabes muy bien que eso es imposible.

–¿Y por qué?

–¡Porque te casas en Boston dentro de tres semanas y porque mi venta se celebra dos días después! Esa galerista te está volviendo loco, amigo; estoy muy preocupado por ti.

–¿Y ellos han aceptado esa excusa?

–Son reacios a mis prisas, no lo olvides: son conservadores. Prefieren esperar al otoño.

–¿Y no piensas que eso sería lo mejor? Nosotros también tendríamos más tiempo.

–Lo que pienso es que llevas veinte años arrastrándome a tus conferencias; pienso que Radskin merece una gran venta y que son las de junio las que reúnen a los mayores coleccionistas.

–Pues yo pienso que son los cuadros de Vladímir lo que hará de tu venta una oferta excepcional; pienso que temes las malas lenguas de la crítica, y pienso también que, puesto que soy tu amigo, te ayudaré lo mejor que pueda.

Peter lo miró de la cabeza a los pies.

–¡Y yo pienso que eres un caradura!

–Peter, seamos serios: si la suerte me sonríe, y si ese

último cuadro aparece hoy, el peritaje representará un trabajo considerable. Habrá que investigar, y ya tengo cuatro informes más que redactar.

–Si la suerte nos sonríe, organizaremos la venta de la década. Ahora te dejo, y arréglatelas para que el lunes hayamos firmado un contrato con la encantadora joven que trabaja ahí enfrente. Si esta venta se me escapa, mi carrera sufrirá un grave revés. ¡Cuento mucho contigo!

–Haré lo que pueda.

–Aunque no demasiado, ¡te recuerdo que soy tu testigo! ¿Todavía te acuerdas?

–A veces eres muy vulgar, amigo.

–¡Sí, pero me encanta que seas tú quien lo dice!

Peter dio unos golpecitos en el hombro de su amigo y salió del café. Jonathan observó cómo se subía a un taxi y después abandonó el establecimiento.

Se detuvo en la acera y miró a Clara a través del cristal. Estaba ajustando las luces de encima de la tela que le habían entregado la víspera. Puso cierta cara de cansancio, bajó de la escalera y fue a abrirle la puerta. Él no hizo ningún comentario y se contentó con comprobar la hora en su reloj; el camión no podía tardar mucho y su impaciencia estaba llegando al límite. Pasó la mañana ocupado con los cuatro lienzos. Cada cuarto de hora se levantaba y vigilaba la calle discretamente. Detrás de su escritorio, Clara lo observaba con el rabillo del ojo. Él se acercó una vez más al cristal y contempló el cielo.

–Parece que va a estropearse el día –dijo.

–¿También sirve para los hombres? –preguntó Clara levantando la cabeza.

–¿Qué es lo que tiene que servir para los hombres?

–¡Lo de las conversaciones sobre el tiempo!

–Supongo –respondió Jonathan, incómodo.

–¿Se ha dado cuenta de que las calles están desiertas? Hoy es día festivo en Inglaterra. Nadie trabaja..., excepto nosotros. Y como es viernes, la gente ha salido a disfrutar de un largo fin de semana. A los londinenses les encanta ir al campo. Yo misma me voy a mi casa esta tarde.

Jonathan miró a Clara y, sin decir una palabra, volvió a su trabajo, furioso. Era mediodía y los comercios de la calle estaban cerrados. Jonathan se levantó e informó a Clara de que iba a tomarse un café. Cuando estaba en el umbral de la puerta, ella cogió la gabardina que había dejado sobre una silla y lo alcanzó. En la acera, le cogió del brazo y tiró de él.

–No sea tan impaciente, esa cara no le va nada. Tengo una idea –dijo–. Cambiaré mis planes y esta noche me quedaré en Londres. Como estará oscuro ya no podremos hablar del tiempo; además, ya sé cómo será el clima este fin de semana: lluvia el sábado y sol el domingo, o al contrario. ¡Aquí nunca se sabe!

Entraron en el pequeño café. Por la tarde, ella le confió la galería y le dejó trabajar a solas.

Jonathan estaba dando vueltas en círculo cuando, hacia las cinco, Peter le llamó.

–¿Y bien? –dijo con tono impaciente.

–Nada –respondió Jonathan de mal humor.

–¿Cómo que nada?

–¡Nada de nada! No puedo hacer más de lo que hago.

–¡Mierda!

–Con otras palabras, pero comparto tu opinión.

–Así que la cosa está jodida –refunfuñó Peter.

–Quizá no del todo. Nunca se está completamente a salvo de una buena noticia.

–¿Es una intuición o una esperanza? –preguntó Peter.

–Ambas cosas, tal vez –admitió Jonathan con timidez.

–Precisamente lo que me temía. ¡Espero tu llamada! –concluyó Peter antes de colgar.

El imperturbable Frank pasó por allí al terminar la jornada para cerrar la galería. Clara estaba ocupada, se reuniría con Jonathan en la dirección que el joven ayudante garabateaba en un trozo de papel.

Cuando pasó por su hotel no encontró ninguna respuesta al mensaje que le había enviado a Anna, así que después de cambiarse marcó una vez más el número de Boston. Y una vez más oyó su propia voz en el contestador. Suspiró y colgó sin dejar ningún mensaje.

Clara lo había citado en un pequeño bar de moda en Notting Hill. La suavidad de la luz y de la música hacía de aquel sitio un lugar agradable. Ella aún no había llegado y Jonathan la esperó en la barra. Estaba cambiando de posición por segunda vez un platito de almendras cuando la vio entrar por la puerta y se levantó de inmediato. Bajo su gabardina liviana llevaba un vestido negro ajustado. Enseguida localizó a Jonathan.

–Perdone, llego tarde. A mi coche le han puesto una elegante zapata en la rueda derecha y los taxis son difíciles de encontrar.

Jonathan se dio cuenta de las atentas miradas que provocaba Clara a su paso y la contempló mientras ella consultaba la carta de cócteles. El contorno de la boca se le dibujaba bajo los pómulos a la luz de la vela que había sobre la barra. Jonathan esperó a que se alejara el camarero y luego se inclinó tímidamente hacia Clara.

Hablaron al mismo tiempo y sus voces se confundieron.

–Usted primero –repuso Clara, riéndose.

–Ese vestido le sienta de maravilla.

–Me he probado seis, y aún he estado a punto de cambiar de idea en el taxi.

–En mi caso es la corbata: cuatro veces.

–¡Pero si lleva cuello de cisne!

–No conseguía decidirme.

–Me alegro de cenar con usted –dijo Clara, jugando a su vez con las almendras.

–Yo también –dijo Jonathan.

Clara le pidió consejo al barman, quien le recomendó un sancerre muy bueno, pero Clara no pareció convencida. El rostro de Jonathan se iluminó y le dijo al barman con expresión divertida:

–Mi mujer prefiere el vino tinto.

Clara lo miró con los ojos abiertos de par en par, reconsideró rápidamente su actitud, le tendió la carta a Jonathan y anunció que dejaría que su marido eligiese por ella: nunca se equivocaba sobre sus gustos. Jonathan pidió dos vasos de un pomerol y el hombre los dejó a solas.

–Tiene ideas de adolescente cuando está relajado. El humor le sienta bien.

–De haberme conocido cuando era adolescente, no diría lo mismo.

–¿Cómo era?

–Para conseguir ser ingenioso con una mujer, necesitaba unos seis meses.

–¿Y ahora?

–Ahora lo llevo mucho mejor: con la edad me voy sintiendo más seguro de mí mismo. ¡Me basta con tres meses! Creo que me sentía más cómodo hablando del tiempo –murmuró Jonathan.

–Pues si le sirve de ayuda, yo me siento muy cómoda en su compañía –dijo Clara con las mejillas encarnadas.

El ambiente estaba cargado de humo y Clara sintió deseos de respirar aire fresco, así que salieron del establecimiento. Jonathan paró un taxi y pusieron rumbo a las calles contiguas al Támesis. Pasearon por la larga acera que bordea el río tranquilo, en cuyas aguas calmadas se reflejaba la luna, mientras un viento suave agitaba las hojas de los plataneros. Jonathan le preguntó a Clara por su infancia. Por razones que nadie había podido explicarle, su abuela la había recogido a la edad de cuatro años y a los ocho entró en el internado inglés donde creció. Nunca le faltó de nada, y su acaudalada abuela la visitaba cada año el día de su aniversario. Clara conservaba un recuerdo eterno de la única vez en que la hizo salir de los límites de la escuela. Cumplía dieciséis años.

–Es curioso –añadió–, dicen que no podemos retener con precisión nada de los tres primeros años de nuestra vida, y sin embargo siempre tengo presente la imagen de mi padre al final de la calle donde vivíamos. En fin, al menos creo que era él. Agitó la mano torpemente, como para decirme adiós, luego se subió a un coche y se marchó.

–¿Es posible que lo haya soñado? –dijo Jonathan.

–Podría ser, de todos modos nunca supe adónde se fue.

–¿Y nunca lo ha vuelto a ver?

–Nunca, aunque le esperaba cada año. La Navidad era una época extraña. La mayor parte de las chicas del colegio volvían con sus familias, pero yo, hasta los trece años, sólo rezaba a Dios para que mis padres vinieran a verme.

–¿Y después?

–Recé por lo opuesto, para que jamás vinieran a apartarme de aquel sitio que por fin se había convertido en mi hogar. Sé que es difícil de entender. De pequeña lo pasaba mal porque nunca nos quedábamos mucho tiempo en el mismo sitio; cuando vivía con mis padres no dormíamos más de un mes bajo el mismo techo.

–¿Y por qué se mudaban tan a menudo?

–No tengo ni idea, mi abuela nunca me lo quiso decir. No pude averiguar nada de nadie.

–¿Y qué hizo aquel día en que cumplió dieciséis años?

–Mi bienhechora, así es como llamaba yo a mi abuela, vino a buscarme al internado con un automóvil magnífico. Es estúpido, ¡pero si supiera lo orgullosa que me sentí delante de las demás chicas! No porque el coche fuese un increíble Bentley, sino porque lo conducía ella misma. Atravesamos Londres, donde, a pesar de mis protestas, no quiso parar. Entonces devoré con la mirada, lo más deprisa que pude, las fachadas de las viejas iglesias, las cristaleras de los bares, las calles cargadas de peatones, todo lo que desfilaba por la ventana y, sobre todo, las orillas del Támesis.

Y desde aquel día, Clara siempre se había citado con un río allá donde iba. En cada uno de sus viajes, le gustaba escaparse de sus obligaciones, cualesquiera que fuesen, para ir a pasear junto a las aguas en movimiento, o alzar la cabeza bajo las bóvedas de los puentes que unen los márgenes de una ciudad. Ningún muelle tenía secretos para ella. Paseando al lado del Moldava en Praga, del Danubio en Budapest, del Arno en Florencia, del Sena en París o del Yangtsé en Shangai, el río más cargado de misterios, podía conocer la historia de las ciudades y de sus habitantes. Jonathan le habló de las orillas del río Charles y del viejo puerto de Boston, por donde tanto le gustaba vagabundear. Prometió que la llevaría a visitar las calles adoquinadas del mercado a cielo abierto.

–¿Adónde se dirigían aquel día? –continuó Jonathan.

–¡Al campo! Yo estaba furiosa: ¡venía precisamente del

campo! Dormimos en una habitación de hotel de la que aún podría describir cada detalle. Recuerdo la tela que vestía las paredes, la cómoda que chirriaba, el olor a madera encerada de la mesita de noche junto a la que me dormí después de luchar contra el sueño... Quería oírla respirar a mi lado, sentir su presencia. Al día siguiente, antes de devolverme al internado, me llevó a ver su finca.

–¿Era bonita?

–En el estado en que se encontraba, sería mucho decir.

–Entonces, ¿por qué hizo todo ese recorrido para enseñársela?

–Mi abuela era una mujer curiosa. Me había conducido hasta allí para hacer un trato conmigo. Cuando nos encontrábamos frente a la verja cerrada, dentro del coche, me dijo que a los dieciséis años una ya tenía edad de dar su palabra por algo.

–¿Y qué quería hacerle prometer?

–Le aburro con mis historias, ¿verdad? –preguntó Clara.

Se sentaron en un banco. La farola encima de sus cabezas los iluminaba en la noche reciente. Jonathan le suplicó que continuase.

–De hecho, eran tres cosas. Debía jurarle que, a su muerte, pondría aquella residencia en venta y que jamás me aventuraría en su interior.

–¿Por qué?

–Espere a oír las otras dos y lo entenderá. La abuela era una negociante implacable. Quería que yo cursase una carrera científica, quería que me convirtiera en química. ¡Debió de ver en mí a una especie de Marie Curie moderna!

–Me da la impresión de que en este tema no mantuvo su palabra.

–¡Eso no es nada comparado con mi última obligación! Tenía que comprometerme a no acercarme nunca, para nada, a todo lo que tuviera que ver con el mundo de la pintura.

–Efectivamente –dijo Jonathan, perplejo–; pero ¿por qué? ¿Y cuál era la contrapartida de sus promesas?

–Ella me legaría la totalidad de su fortuna, y créame, era considerable. En cuanto le di mi palabra, dimos media vuelta.

–¿Ni siquiera entraron en la finca aquel día?

–Ni siquiera bajamos del coche.

–¿Vendió la propiedad?

–Yo tenía veintidós años cuando mi abuela murió, y me estaba marchitando en mi tercer curso de química. Abandoné la Facultad de Ciencias el mismo día. No se ofició ninguna ceremonia, pues entre sus caprichos testamentarios se incluía el siguiente: el notario no tenía derecho a decirme dónde descansaban sus restos.

Y Clara, que se había jurado no volver a tocar una probeta en su vida, se instaló en Londres para estudiar Historia del Arte en la National Gallery; luego pasó un año en Florencia y completó sus estudios en la Escuela de Bellas Artes de París.

–Yo también fui allí –dijo Jonathan con entusiasmo–; tal vez coincidimos al mismo tiempo.

–No lo creo –respondió Clara haciendo una mueca–. ¡Lamento que no lo haya advertido, pero usted y yo nos llevamos algunos años!

Jonathan se enderezó en el banco con aire incómodo.

–Quería decir que he dado conferencias.

–¡No intente arreglarlo! –dijo ella, risueña.

El tiempo había pasado sin que ninguno de los dos se diese cuenta. Jonathan y Clara se miraron con complicidad.

–¿No le parece como si esto ya lo hubiera vivido? –dijo ella.

–Sí, me sucede a menudo, pero en este caso lo encuentro normal, ayer mismo estuvimos paseando por aquí.

–No me refería a eso –repuso Clara.

–Para serle sincero, de no haber temido una trivialidad lamentable que me habría hecho pasar por un imbécil a sus ojos, con mucho gusto le habría preguntado, el primer día que nos vimos en el café, si nos conocíamos.

–No sé si nuestros caminos se habrán cruzado –dijo ella mirándolo fijamente–, pero a veces tengo la impresión de que ya le conozco.

Se levantaron y abandonaron la orilla del río para adentrarse juntos en los suburbios de la ciudad. El movimiento de una manecilla impalpable marcaba el ritmo de la noche silenciosa, como si el tiempo presente los quisiera retener allí, sobre el pavimento despoblado, en la magia del instante precoz, al abrigo de un velo invisible para cualquiera excepto para ellos dos. Sus cuerpos al rozarse inventaban un nuevo universo que se transformaba, imperceptible, siguiendo sus pasos. Un taxi negro avanzó en su dirección. Jonathan miró a Clara con una sonrisa triste en los labios. Levantó el brazo y el vehículo se detuvo. Abrió la portezuela. En el momento en que Clara subió, se volvió hacia él y, con voz dulce, le dijo que había pasado una noche muy agradable.

–Yo también –respondió Jonathan mirándose la punta de los zapatos.

–¿Cuándo volverá a Boston?

–Peter regresa mañana..., no lo sé.

Ella dio un pequeño paso hacia él.

–Entonces, hasta pronto.

Y lo besó en la mejilla. Fue la primera vez que sus pieles se tocaron, y también la primera que se producía aquel increíble fenómeno.

Jonathan sintió primero que la cabeza le daba vueltas y que la tierra se abría bajo sus pies. Cerró los ojos y sus pupilas se vieron invadidas por miles de estrellas. Un vértigo extraño lo arrastró hacia un lugar desconocido. Las válvulas de su corazón se abrieron de par en par para dejar paso al flujo de sangre que saturaba violentamente sus venas. Sentía un zumbido en las sienes. Paulatinamente, el paisaje de la calle comenzó a cambiar a su alrededor. En el cielo, las nubes se desplazaron hacia el oeste a gran velocidad, dejando entrever el círculo de una luna brillante. Las aceras se cubrieron de una bruma rasante, y bajo el vidrio ahumado de una farola muy vieja la llama de una vela reemplazó a la iluminación eléctrica. El asfalto retrocedió sobre la calzada, dejando adoquines al descubierto con un estruendo sordo, como un mar que huyera al galope de la arena de la playa. Las fachadas de las casas se desconcharon una a una, dejando aquí el ladrillo al descubierto y mostrando allá la cal viva. A la derecha de Jonathan apareció la reja de un callejón sin salida chirriando sobre sus viejas bisagras ya oxidadas.

A su espalda, oyó los cascos de un caballo que se aproximaba al trote. Hubiera deseado volver la cabeza, pero ninguno de sus músculos le respondía. Una voz que no podía identificar le murmuraba al oído: «Deprisa, deprisa, váyase, se lo suplico». Los tímpanos de Jonathan estaban a punto de estallar. El animal estaba ahora muy cerca, aunque no podía verlo sentía su aliento, y el halo de su hocico humeante pasó sobre su hombro. Los pulmones le oprimían el corazón, provocándole un vértigo creciente.

Hizo un último esfuerzo por recuperar el ritmo de su respiración. Oyó la voz lejana de Clara, que lo llamaba. Todo quedó inmóvil.

Luego, lentamente, las nubes cubrieron la luna de nuevo, el asfalto se extendió sobre los adoquines y las paredes estropeadas recuperaron uno a uno sus ladrillos bien dispuestos. Jonathan abrió los ojos. La reverberación con que titilaba la bombilla mal ajustada recuperó su antiguo lugar, y el ronroneo del motor de un taxi sucedió al del aliento de un caballo que había desaparecido con su turbación.

–Jonathan, ¿se encuentra bien? –repitió la voz de Clara por tercera vez.

–Sí, creo que sí –dijo él recuperando la entereza–. He sufrido un mareo.

–Vaya susto me ha dado; se ha quedado completamente pálido.

–Debe de ser por el cansancio del viaje. No se preocupe.

–Suba conmigo, le acompañaré.

Jonathan se lo agradeció. Su hotel estaba cerca de allí; la noche era agradable y le sentaría bien caminar.

–Ya le está volviendo el color –dijo Clara, más tranquila.

–Sí, todo irá bien, se lo prometo. Ha sido un pequeño sofoco sin importancia. Váyase, ya es tarde.

Clara dudó unos instantes antes de meterse dentro del taxi. Cerró la portezuela y Jonathan contempló cómo se alejaba el vehículo. Por el cristal trasero, Clara también lo miraba. Su rostro desapareció en el fulgor de las luces del taxi que acababa de girar al final de la calle. Jonathan emprendió la marcha.

Ya se había recuperado por completo, pero había algo que aún le inquietaba. El escenario que se le había aparecido en su ofuscamiento no le resultaba del todo desconocido. Algo surgido del fondo de su memoria se lo indicaba casi con seguridad. Comenzó a caer una lluvia suave; se detuvo, levantó la cabeza y le ofreció su rostro. Esta vez, bajo sus pupilas, vio a Clara entrar en el bar, el delicioso momento en que se había quitado la gabardina, y luego su sonrisa cuando lo había visto sentado en la barra. En aquel preciso instante habría deseado retroceder en el tiempo. Volvió a abrir los ojos y enterró las manos en el fondo de sus bolsillos. Al retomar el curso de su marcha, le pareció que los hombros le pesaban de una forma extraña.

En el vestíbulo del Dorchester, saludó al conserje con la mano y se dirigió a los ascensores. Al pie de la escalera, cambió de opinión y subió andando. En su habitación encontró un sobre bajo el umbral de la puerta, probablemente el acuse de recibo del mensaje que le había enviado a Anna. Lo recogió y lo dejó encima del escritorio. Luego abandonó su chaqueta mojada en el galán de noche y entró en el cuarto de baño. El espejo reflejó la palidez de sus rasgos. Cogió una toalla y se secó el cabello. Ya en la cama, descolgó el auricular y marcó el número de su residencia de Boston, pero una vez más, el contestador grabó su voz. Jonathan le pidió a Anna que le devolviera la llamada sin falta, pues le preocupaba no tener noticias de ella. Unos instantes después, cuando sonó el timbre del teléfono, Jonathan se abalanzó hacia él y descolgó.

–¿Se puede saber dónde estabas, Anna? –dijo él enseguida–. Te he llamado diez veces, empezaba a inquietarme.

Tras unos segundos de silencio, la voz de Clara respondió:

–Soy yo la que estaba inquieta, sólo quería asegurarme de que había llegado bien.

–Es muy amable. La lluvia me ha hecho compañía.

–Ya lo he visto, y he pensado que no llevaba impermeable ni paraguas.

–¿Eso ha pensado?

–Sí.

–No puedo decirle por qué, pero me gusta oír eso; me gusta mucho.

Ella hizo una pausa.

–Jonathan, en cuanto a esta noche, tengo algo importante que decirle.

Él se enderezó en la cama, presionó un poco más el auricular contra su oreja y contuvo la respiración.

–Yo también –dijo él.

–Sé que usted ha evitado hablarme de ello; no diga nada, sé que se debe a su honor y comprendo su discreción, incluso la admiro. Debo admitir que yo no le he facilitado el trabajo, en fin..., me refiero a que ambos hemos sorteado la cuestión desde nuestras primeras conversaciones en la galería. Y esta noche, mientras le escuchaba, lo he visto claramente y creo que Vladímir habría aceptado mi razonamiento. Hasta creo que habría confiado en usted; en cualquier caso, yo he decidido hacerlo. Supongo que le habrán subido un sobre, lo he entregado en la recepción de su hotel cuando le he dejado. Contiene un itinerario. Alquile un coche y venga mañana. Tengo algo importante que enseñarle, algo que le gustará ver. Le espero a mediodía, sea puntual. Buenas noches, Jonathan, hasta mañana.

Se cortó la comunicación sin darle tiempo a responder. Jonathan se dirigió al escritorio, cogió el sobre y desdobló el plano. Llamó a la recepción del hotel y reservó un vehículo para el día siguiente, y aprovechó para preguntar si había llegado algún mensaje para él. El conserje respondió que una tal Anna Valton había intentado hablar con él por la tarde, y que el único mensaje que había dejado era que le avisaran de su llamada. Jonathan se encogió de hombros y colgó.

El sueño se apoderó de él en cuanto se tumbó y, durante la noche, una extraña pesadilla lo atormentó. Deambulaba a caballo sobre los adoquines resbaladizos de un viejo barrio de Londres. Avanzando al paso, escudriñaba a los transeúntes que estaban apiñados delante de una casa con gran agitación. Todos vestían ropa de otra época. Para escapar de la multitud que se aglutinaba a su alrededor, se lanzó al galope.

En su extremo, la callejuela desembocaba en un paisaje campestre. Aminoró el trote mientras penetraba en una avenida flanqueada por grandes árboles. Una mujer que cabalgaba a su lado lo alcanzó por la derecha. Comenzó a caer una suave lluvia. «Vamos, vamos, dese prisa», suplicó, lanzando su montura al galope.

El despertador telefónico lo arrancó de su sueño. Abandonó el hotel Dorchester al volante de un coche de alquiler y cogió la autopista por el este de la ciudad. Siguiendo al pie de la letra las indicaciones del mapa que le había dado Clara, tomó el carril de salida cien kilómetros después. Media hora más tarde, se encontró avanzando por una carretera rural mientras se recordaba a sí mismo sin cesar que en Inglaterra había que circular por la izquierda. Largos cercos de madera bordeaban vastas llanuras. Vio la bifurcación marcada en el plano y más adelante la taberna que ella le había indicado. Dos curvas después, cogió un pequeño sendero que se adentraba en la espesura. Los baches hacían tambalear el vehículo, pero no aminoró la marcha. A su paso levantaba grandes cortinas de barro que lo salpicaban todo, cosa que no dejaba de divertirle. Luego, el caminito se aclaró bajo una hilera de grandes árboles, hasta que por fin se detuvo ante una verja de hierro forjado. Al otro lado de la imponente entrada, un camino de grava dibujaba una curva que, cien metros más allá, rodeaba una magnífica finca inglesa. Tres largos peldaños de piedra delimitaban la explanada que había delante de la vivienda y dos grandes puertas acristaladas flanqueaban a cada lado la entrada principal. Clara, con un ligero impermeable, sostenía en la mano unas tijeras de podar. Se dirigió hacia un rosal que trepaba por el muro y seccionó algunas flores de tonos blancos. Recortó los tallos, olió las corolas y se dispuso a montar un ramo. Era una mujer de una belleza deslumbrante. El sol, jugando al escondite, penetró la fina capa de nubes, y entonces Clara dejó caer su impermeable al suelo. La camiseta blanca que se le ceñía al cuerpo le dejaba los hombros al descubierto y realzaba su figura.

Jonathan salió del vehículo. Cuando se aproximaba a la verja, Clara entró en la residencia. Al empujarla con la mano izquierda, vio en su muñeca el reloj que Anna le había regalado el día en que se prometieron. Delante de él, un rayo de luz dorada entraba por las cristaleras de la casa derramándose en el parqué claro del salón. Jonathan se quedó inmóvil un buen rato antes de tomar una decisión que ya sabía cuánto le iba a costar. Volvió sobre sus pasos, subió al coche y dio marcha atrás. En el camino de vuelta a Londres, golpeó el volante con rabia. Miró la hora en el salpicadero, cogió el teléfono móvil y llamó a Peter. Le dijo que se reuniría con él directamente en el aeropuerto y le pidió que recogiera su equipaje en su habitación; luego contactó con la British Airways y confirmó su reserva.

Mientras avanzaba, su humor era sombrío, no a causa del sueño malogrado de ver el cuadro que tantos años llevaba esperando, sino porque le obsesionaba una idea: cuantos más kilómetros se interponían entre él y la finca, más dominado se sentía por la presencia de Clara, de la que estaba huyendo. Al llegar a Heathrow, tuvo que admitirlo: echaba de menos a Clara.

5

Peter pisoteaba el suelo paseándose de un lado a otro de la sala de espera. Si el vuelo para Boston salía según lo previsto, Jonathan estaría en su casa esa misma tarde.

–¿Qué parte no has entendido? –preguntó éste.

–Hace veinte años que me llevas a tus congresos, que recorremos los pasillos de las bibliotecas para desempolvar toneladas de archivos en busca del menor indicio que te permita aclarar el misterio de tu pintor. Hace veinte años que hablamos de él casi a diario. ¿Y ahora renuncias a saber si ese cuadro existe?

–Lo más probable es que no haya un quinto cuadro, Peter.

–¿Y cómo lo sabes, si no has llegado a entrar en ese castillo? Lo necesito, Jonathan, necesito saberlo si quiero evitar que mis socios me echen. Tengo la impresión de estar encerrado en un acuario cuyas paredes se encogen con el agua.

Peter se había arriesgado enormemente en Londres. Había logrado convencer al consejo para que aplazaran la impresión del catálogo de la prestigiosa firma, lo que equivalía a mandar un claro mensaje al mundo del arte, era como anunciar que se preparaba un golpe de efecto. Aquellas publicaciones periódicas eran un punto de referencia y su contenido comprometía la reputación de la célebre institución para la que trabajaba.

–Dime una cosa, ¿no te habrás precipitado, al menos?

–Después de tu llamada de esta mañana, en la que me has contado tu conversación y tu salida precipitada al campo, he contactado con el presidente de nuestro despacho de Londres.

–No hablarás en serio... –aventuró Jonathan, sinceramente inquieto.

–¡Estamos a sábado, y le he llamado a su casa! –gimoteó Peter mientras hundía la cara entre sus manos.

–¿Qué le has dicho?

–Que me responsabilizaba personalmente y que, si confiaba en mí, ésta sería una de las mayores ventas de la década.

Peter no se equivocaba. Si él y Jonathan hubieran descubierto la última obra de Vladímir Radskin, los compradores de los museos más importantes habrían acudido para adelantarse a su venta a pesar de las ofertas de los grandes coleccionistas. Jonathan le habría proporcionado a su viejo pintor la fama con la que siempre había soñado para él, y Peter habría vuelto a ser uno de los comisarios tasadores más valiosos del momento.

–¡Pues a tu idílico cuadro le falta un pequeño pero importante detalle! ¿Tuviste en cuenta alguna alternativa?

–Sí, me enviarás giros postales a la isla desierta en la que permaneceré exiliado bajo la promesa de no suicidarme tras convertirme en el hazmerreír de toda la profesión.

Las costas americanas estaban a la vista y la conversación entre los dos colegas no había cesado en todo el vuelo, para desgracia de los pasajeros de su alrededor, que no habían podido pegar ojo mientras duró el viaje. Cuando la azafata trajo las bandejas con comida, Peter levantó inocentemente la pequeña persiana de su ventanilla y volvió la cabeza hacia las nubes para evitar la mirada de Jonathan. Volvió a girarse a la velocidad del rayo, cogió el pastelito de chocolate del plato de Jonathan y lo devoró.

–Tienes que admitir que esta comida es verdaderamente asquerosa.

–Estamos a miles de metros por encima del océano, podemos pasar de un continente a otro en ocho horas y sin tener que marearnos, ¿y te quejas porque el pavo no está a tu gusto?

–¡Si sólo hubiera pavo en este sándwich!

–¡Haz como si así fuese!

Peter miró detenidamente a Jonathan, hasta que éste se dio cuenta.

–¿Qué estás haciendo? –preguntó Jonathan.

–Cuando he ido a buscar tus cosas a la habitación he encontrado el acuse de recibo del mensaje que le enviaste a Anna. No tendría que haberlo leído, pero estaba delante de mis narices, así que...

–¿Qué? –interrumpió Jonathan con sequedad.

–¡Pues que escribiste Clara en lugar de Anna! Prefería avisarte antes de que te lo dijera tu prometida.

Los dos amigos se miraron con complicidad y Peter estalló de risa.

–¡La verdad, no lo entiendo! –dijo, al tiempo que recuperaba el aliento.

–¿Qué es lo que no entiendes?

–¡Qué diablos haces conmigo en este avión!

–¡Estoy volviendo a mi casa!

–Voy a reformular mi pregunta, y verás que ni tú mismo lo comprendes. Me pregunto de qué has tenido miedo.

Jonathan reflexionó largo rato antes de responder.

–¡De mí mismo! He tenido miedo de mí mismo.

Peter sacudió la cabeza y miró por la ventana la península de Manhattan, que se adivinaba a lo lejos.

–También a mí me das miedo muchas veces, compañero, y eso no me impide ser tu mejor amigo. Frecuéntate algo más a menudo, te acostumbrarás a todos tus caprichos y te acabarás apasionando tanto como yo por un viejo pintor ruso del que te hablarás durante todo el día. Te verás preparando tu boda con una cara más larga que un día sin pan. De veras, te lo aseguro: ¡si llegas a convertirte en amigo de ti mismo, verás hasta qué punto la vida está llena de giros imprevistos!

Jonathan no le respondió, y cogió la revista de la compañía aérea del bolsillo del asiento de enfrente. A veces, el azar puede ser muy provocador: al despegar, cuando hojeaba la publicación, se había detenido en un pequeño artículo sobre una galerista muy de moda en Londres. Una fotografía de Clara ilustraba la crónica; la habían realizado delante de su finca. Jonathan se inclinó y volvió a guardar la revista en su sitio, mientras Peter lo observaba con el rabillo del ojo.

–Si me lo permites –continuó Peter–, cuando me exilie en la isla desierta, es absolutamente necesario que vaya solo.

–Ah, ¿sí? ¿Y por qué?

–¡Porque si te hicieran venir conmigo, ya no sería desierta!

–¿Y por qué tendrían que hacerme venir?

–¡Por haberte equivocado completamente de vida en Boston y por haberte dado cuenta demasiado tarde!

–¿A qué te refieres, Peter? –preguntó Jonathan con voz fatigada.

–¡A nada! –respondió Peter, burlón; luego cogió con negligencia su ejemplar de la revista de a bordo.

Después de pasar por la aduana, Peter y Jonathan se dirigieron al aparcamiento y, cuando avanzaban por el puente que dominaba las vías de acceso a la terminal, Peter se asomó a la barandilla.

–¡Ya has visto la cola de los taxis! ¿A quién hay que agradecer la genial idea de coger su propio coche?

En la larga fila de pasajeros que se formaba en la acera, Jonathan no vio a la mujer de cabello blanco que se subía al vehículo que estaba en primer lugar.

En la periferia de la ciudad había un gran atasco y a Peter le llevó más de una hora acompañar a su amigo hasta su casa. Jonathan dejó su maleta y colgó el impermeable en un perchero. La luz de la cocina estaba apagada. Llamó a Anna desde la escalera, pero no obtuvo ninguna respuesta. En su dormitorio reinaba la oscuridad y la cama no estaba deshecha. Oyó un crujido por encima de su cabeza y subió corriendo al piso de arriba. Empujó suavemente la puerta entornada del taller. La habitación estaba vacía. Una nueva tela de Anna descansaba en el caballete; Jonathan se aproximó y la estudió con detalle. El cuadro representaba la vista de la que se había disfrutado desde el taller en el siglo anterior. Reconoció en la tela los pocos edificios que habían resistido los embates del tiempo y que aún se alzaban bajo las ventanas de su casa. En el centro del cuadro, un bergantín, un gran velero de dos mástiles, se acercaba al puerto viejo. Algunos pasajeros se afanaban sobre el puente y una familia atravesaba la pasarela que conducía hasta el muelle. Si Jonathan se hubiera acercado un poco más, habría podido admirar la precisión del trazo del pincel de Anna. La textura de la madera se distinguía sutilmente de la del casco del navío. Un hombre de gran envergadura llevaba cogida de la mano a su hija, cuyo rostro estaba cubierto por una capucha de un bello gris perla. En la mano de su mujer, que iba cogida de la barandilla de cuerda, se adivinaba una sortija imponente.

Jonathan pensó en su mejor amigo, que estaba solo en su casa. Aunque Peter había querido engañarle, le conocía demasiado bien como para ignorar la angustia que lo consumía, y se sentía culpable. Se dirigió al escritorio de Anna y descolgó el teléfono. Peter estaba al otro lado de la línea. Jonathan contempló la estancia, bañada por los últimos rayos de sol que se filtraban por la cristalera. El color del que se teñían los listones era tan dorado como el parqué claro de una vieja finca inglesa. Su corazón comenzó a latir al ritmo de un deseo que lo colmaba de felicidad. Colgó, salió del taller y bajó los escalones a toda prisa. Volvió a coger su maleta de la silla de la entrada y cerró la puerta detrás de él. Se subió a un taxi y le indicó al conductor cuál era su destino.

–¡Aeropuerto Logan, lo más rápido posible, por favor!

El chófer observó a su pasajero a través del retrovisor y los neumáticos del viejo Ford rechinaron sobre el asfalto.

Cuando el vehículo doblaba la esquina, la mano de Anna dejó caer las lamas de la persiana de madera. Tras la ventana de su taller, sonreía. Anna bajó las escaleras, encendió el contestador en la cocina y cogió las llaves de una bandeja. En la entrada vio el impermeable que Jonathan había olvidado en el perchero. Se encogió de hombros, salió de la casa y se alejó caminando. Un poco más lejos, entró en su coche y puso rumbo al norte. Cruzó el puente de Harvard, que unía las dos márgenes del río Charles, y prosiguió su camino hasta Cambridge. El tráfico era denso. Se metió por Mass Avenue, rodeó el campus universitario y giró por Garden Street.

Anna acababa de aparcar no muy lejos del número 27. Subió los tres peldaños de la escalera y llamó al interfono. Se oyó un ruido eléctrico y la puerta se abrió. Cogió el ascensor hasta el último piso. La puerta del final del pasillo estaba entornada.

–Está abierto –dijo una voz femenina en el interior.

El apartamento era elegante. En el salón, el mobiliario de época perfectamente encerado se complementaba con algunas piezas de plata. Los visillos colgados sobre los ventanales metálicos ondulaban ligeramente.

–Estoy en el cuarto de baño, enseguida salgo –continuó la voz.

Anna se instaló en un sillón de terciopelo marrón. Desde allí disfrutaba de una extraordinaria vista de Danehy Park.

La mujer a la que había ido a visitar entró en la habitación y dejó la toalla con la que se secaba las manos sobre el respaldo de una silla.

–Estos viajes me agotan –le dijo a Anna mientras la abrazaba.

Luego recuperó, de una bandeja finamente labrada, una sortija provista de un magnífico diamante de talla antigua, y se la puso en el dedo.

Jonathan había recuperado fuerzas durante el vuelo. Había cerrado los ojos al despegar el avión y los había vuelto a abrir en el momento en que el tren de aterrizaje emergía del vientre del aparato de la British Airways. Alquiló un coche y abandonó Heathrow para meterse en la autopista. Cuando vio la pequeña taberna ante él, pisó el acelerador. Poco después, la imponente verja negra de la finca se perfiló ante su parabrisas; estaba abierta de par en par. Penetró en la propiedad, aminoró la marcha y se detuvo ante la explanada.

El sol acariciaba la fachada. Rosales silvestres trepaban a lo largo de los muros de guirnaldas de colores pastel. En mitad de un círculo de césped, un gran álamo ondeaba al viento, rozando el tejado con sus altas ramas. Clara apareció en la explanada y bajó los escalones.

–Mediodía en punto –dijo ella mientras iba a su encuentro–; ¡con un día de diferencia, pero llegas a la hora!

–Lo siento muchísimo, es una larga historia –respondió él, incómodo.

Ella dio media vuelta y volvió hacia la vivienda. Jonathan se quedó desamparado unos instantes antes de seguirla. En aquella casa de campo todas las cosas parecían puestas al azar y, sin embargo, todas tenían su sitio. Algunos lugares proporcionan, sin que sepamos por qué, una inmediata sensación de bienestar; la casa donde Clara pasaba gran parte de su vida era uno de esos lugares. Era un sitio acogedor, como si, en el transcurso de los años, allí se hubieran condensado buenas vibraciones.

–Sígueme –dijo.

Entraron en una amplia cocina con el suelo cubierto de baldosas de color pardo. Parecía que el tiempo se hubiera detenido. Algunas brasas rojizas terminaban de consumirse en el hogar de una chimenea. Clara se inclinó sobre un cesto de mimbre y cogió un leño, que colocó sobre las cenizas. Las llamas se reavivaron de inmediato.

–Las paredes son tan gruesas que siempre hay que calentar esta habitación, ya sea verano o invierno. Si entraras aquí por la mañana, te sorprenderías del frío que hace.

Puso unos platos sobre una gran mesa.

–¿Quieres una taza de té?

Jonathan se apoyó en la pared y la contempló. Clara era elegante incluso en sus gestos más sencillos.

–¿Así que no respetaste ninguna de las voluntades de tu abuela? –dijo Jonathan.

–Al contrario.

–¿Es que no estamos en su finca?

–Era muy inteligente. La mejor garantía para que yo me diera cuenta de lo que ella deseaba realmente era hacerme prometer lo contrario.

El agua silbó en la tetera. Clara sirvió el té y Jonathan se sentó a la gran mesa de madera.

–Antes de devolverme al internado, me preguntó si se me había ocurrido cruzar los dedos al hacer mis promesas.

–Supongo que es una manera de ver las cosas.

Clara se sentó delante de él.

–¿Conoces la historia de Vladímir y de su galerista, sir Edward? –preguntó Clara–. Con el tiempo se volvieron inseparables y su relación era como la de dos hermanos. Dicen que Vladímir habría muerto en sus brazos.

Su voz estaba henchida de una alegre esperanza. Jonathan se sentía bien y Clara comenzó su relato.

Tras huir de Rusia hacia 1860, Radskin llegó a Inglaterra. Londres era el refugio temporal de todos los exiliados, donde se daban cita turcos, griegos, suecos, franceses y españoles, e incluso viajeros procedentes de China. La vieja ciudad era tan cosmopolita, que el alcohol más popular recibía el nombre de «la bebida de todas las naciones»; aunque Vladímir, sin un céntimo, no bebía. Pasaba las noches en un sórdido cuartito en el terrible barrio de Lambeth. Radskin era un hombre orgulloso, valiente y, a pesar de su pobreza, prefería morir de hambre a pedir limosna. De día, con pedazos de carbón que recortaba como si fueran lápices, se presentaba en el mercado de Covent Garden y allí, en papeles viejos que a duras penas conseguía reunir, esbozaba los rostros de los transeúntes.

Los días más afortunados, vendía sus dibujos por algunas monedas y encontraba cierto alivio a tanta miseria; así es como conoció a sir Edward. El destino puso todas sus cartas sobre la mesa aquella mañana de otoño, en los paseos a cielo abierto de Covent Garden.

Sir Edward era un acaudalado marchante de arte con una gran reputación. Nunca debería haber acudido a aquella plaza, pero una enfermedad acababa de llevarse a una de sus sirvientas, y su esposa quería que le buscara una sustituta sobre el terreno.

Cuando Vladímir Radskin blandió ante las narices de sir Edward el retrato que acababa de hacerle al detenerse ante un tenderete de verduras, el galerista vislumbró de inmediato el talento de aquel hombre de tan lastimoso aspecto. Compró el boceto y se pasó la noche estudiándolo. Al día siguiente volvió en una calesa acompañado de su hija, y le pidió al hombre que la retratara. Vladímir se negó. No pintaba rostros de mujeres. Su escueto inglés no le permitió hacerse entender y sir Edward se enfureció. El primer encuentro de aquellos dos hombres que ya nunca se separarían estuvo a punto de terminar a golpes. Pero Vladímir le presentó con toda tranquilidad otro dibujo a sir Edward: un retrato de él, esta vez de cuerpo entero, que había realizado completamente de memoria después de su partida. La expresión era sorprendentemente real.

–¿Es el retrato de sir Edward que está expuesto en San Francisco?

–Sí, el esbozo de ese cuadro partió de aquel dibujo...

Clara frunció las cejas.

–Pero tú ya conoces estas historias, estoy haciendo el ridículo. Eres el mayor especialista del mundo sobre este pintor y yo vengo a explicarte anécdotas que se encuentran en cualquier libro que hable de él.

La mano de Jonathan estaba muy cerca de la de Clara. Sintió deseos de cogerla, pero reprimió el gesto.

–En primer lugar, existen muy pocos libros dedicados a Radskin, y te aseguro que desconocía esta anécdota.

–¿Me tomas el pelo?

–No, pero tendrás que decirme cómo te has enterado de todo esto, lo publicaré en mi próxima biografía.

Clara dudó un poco antes de retomar el curso de su relato.

–Bueno, te creo –dijo, sirviéndole té–. Puesto que era muy desconfiado, sir Edward le pidió a Radskin que improvisara un retrato de su cochero.

–¿Es el croquis del que luego saldría el cuadro que desembalamos el miércoles? –preguntó Jonathan entusiasmado.

–Exactamente, Vladímir y él eran amigos y les unía una misma pasión. Si te estás burlando de mí y ya sabes todo esto, te prometo que...

–No prometas nada, continúa.

Vladímir había sido muy buen jinete en su juventud. Muchos años después, cuando el caballo favorito del cochero se desplomó en plena calle, Vladímir consoló a su apenado amigo retratándolo delante de las caballerizas, junto a su montura. El cochero había envejecido y Vladímir pintó su rostro a partir del dibujo que había realizado, a mano alzada, una mañana de otoño en la acre humedad del mercado a cielo abierto de Covent Garden.

Jonathan no se resistió al deseo de decirle a Clara que aquella historia incrementaría considerablemente el valor de la tela que se iba a poner a la venta. Clara no hizo ningún comentario. Su naturaleza de especialista se imponía e intentó averiguar varias veces de dónde sacaba la información, procurando dilucidar entre las palabras de Clara la parte de leyenda y la parte de realidad. Durante aquella tarde, ella prosiguió con la historia de Vladímir y de sir Edward.

El galerista visitaba a Vladímir casi todos los días y lo colmaba de atenciones. Al cabo de unas semanas, le ofreció una habitación debidamente acondicionada en la buhardilla de una de las residencias que poseía no muy lejos del mercado. De este modo, Radskin ya no tendría que pasearse por las inmundas y peligrosas calles de Londres bajo la palidez del alba y las sombras del crepúsculo.

El pintor se negó a vivir en aquel lugar sin pagar nada a cambio, y ofreció varios de sus dibujos a cambio del hospedaje. En cuanto se instaló, sir Edward le hizo traer óleos y pigmentos de primera calidad que importaba de Florencia. Vladímir realizó él mismo sus mezclas de colores y cuando recibió las primeras telas que sir Edward le había enviado, enseguida abandonó el carboncillo y volvió a la pintura. Fue el principio de su época inglesa, que abarcaría los ocho años que le quedaban por vivir. Instalado en su cuarto cerca de Covent Garden, el pintor realizaba los encargos del galerista. Sir Edward acudía en persona a proporcionarle el material, y poco a poco fue quedándose algo más de tiempo en compañía del artista. Así, con el transcurso de las semanas, el galerista amansó el orgullo del pintor al que quería convertir en su protegido. En un año, aquel al que llamaba su «amigo ruso» pintó seis grandes telas. Clara las enumeró; Jonathan las conocía todas y le indicó en qué rincón del mundo se encontraba cada una.

Pero el éxodo y las precarias condiciones de vida en el barrio de Lambeth habían debilitado el estado físico de Vladímir. A menudo lo sacudían espantosos ataques de tos y sus articulaciones le causaban progresivamente más sufrimiento. Una mañana, cuando fue a visitarlo, sir Edward lo encontró tumbado en el suelo del modesto estudio en que le había instalado. Imposibilitado a causa del reumatismo, no había podido levantarse sin ayuda de la cama y se había caído.

Vladímir fue trasladado de inmediato a la casa que el galerista tenía en la ciudad, y éste lo veló día tras día. Cuando su médico personal tranquilizó a sir Edward sobre la feliz recuperación de su protegido, lo hizo llevar a su casa en el campo para que su convalecencia fuese más confortable. Allí, Vladímir recuperó una salud de hierro. Gracias a sir Edward, viajó varias veces a Florencia en solitario con el fin de procurarse él mismo polvos y pigmentos, con los que elaboraba los colores más profundos. Sir Edward lo trató como a un hermano. A lo largo de los años, su amistad siempre fue ejemplar. Cuando no viajaba, Vladímir pintaba. Sir Edward exponía sus cuadros en su galería de Londres y, cuando un cuadro no hallaba comprador, el galerista lo colgaba en las paredes de una de sus residencias y le daba su parte al pintor, como si la obra se hubiera vendido. Ocho años después, Vladímir volvió a caer enfermo y esta vez su estado se deterioró rápidamente.

–Murió a principios de un mes de junio, sentado plácidamente en un sillón, a la sombra de un gran árbol al que sir Edward le había llevado.

La voz de Clara se había teñido de tristeza al terminar su historia. Se levantó para despejar la mesa y Jonathan se aprestó a ayudarla sin preguntarle si le parecía bien. Clara cogió las tazas y Jonathan la tetera y se las llevaron a los dos fregaderos de cerámica decorada, de los que sobresalía una impresionante grifería de cobre. El agua surgió como un largo hilo. Jonathan le confesó a Clara su casi absoluta ignorancia respecto a la estancia en el campo de Vladímir y aportó algunos fragmentos más de la historia del viejo pintor al que había consagrado su vida.

La tarde tocaba a su fin cuando Clara y Jonathan habían recorrido juntos las brumas del viejo Londres, cuando habían descrito la casa donde Vladímir había vivido, cerca de Covent Garden, y una vez habían visitado el jardín de rosas por el que al maestro ruso le gustaba pasear cuando estaba en el campo. A fuerza de evocar al pintor, casi habrían podido oír sus pasos al pisar la paja de los establos cuando iba a visitar a su amigo cochero. Jonathan estaba enjuagando los platos y Clara los secaba a su lado. Quedó subyugado por la sensualidad que emanó de ella cuando se puso de puntillas para guardar la vajilla en un escurridero de madera colgado en la pared, por encima de su cabeza. Cien veces deseó tomarla entre sus brazos y cien veces se contuvo. Clara giró el grifo y luego se secó las manos en el reverso de un delantal que desdobló y que abandonó junto a la antigua cocina de leña. Se dirigió a él, rebosante de vida.

–Vamos, sígueme –dijo.

Lo condujo a través de la puerta de la cocina, que daba a la parte de atrás de la casa. Atravesaron el patio y se detuvieron ante un inmenso cobertizo. Cuando ella giró la llave, Jonathan sintió el latir de su corazón. Clara empujó enérgicamente las dos grandes puertas. En el interior de la construcción, vio brillar el cromo de un Morgan deportivo. Clara se sentó detrás del antiguo volante de madera y el motor empezó a crujir.

–¡No pongas esa cara, ven aquí! Tengo que hacer unas compras en el pueblo. Ya descubrirás a la vuelta lo que te ha traído aquí. Después de todo, ¿quién ha llegado con veinticuatro horas de retraso? –dijo ella con una mirada llena de picardía.

Jonathan se instaló a su lado y Clara arrancó haciendo derrapar el coche.

El descapotable atravesó el campo como un rayo. Se detuvieron frente a una pequeña tienda, donde Clara compró la cena. Jonathan salió de allí cargando en sus brazos una caja que dejó en el minúsculo asiento de atrás. A la vuelta, Clara le dejó conducir. Nervioso, puso la primera y el motor se caló.

–¡Si no se está acostumbrado, el pedal del embrague va un poco duro! –dijo ella.

Jonathan se tragó el orgullo y procuró ocultar su impaciencia. Al llegar frente a la casa, se relajó por fin. Tras dejar las bolsas de la compra en la cocina, Clara lo condujo al interior de la vivienda. Le hizo recorrer un largo pasillo que daba a la enorme biblioteca. Los alféizares de las paredes, cuyos revestimientos estaban deteriorados a causa del tiempo, se veían realzados por tapizados antiguos. Encima de la chimenea, un gran reloj se había parado a las seis sin que nadie supiera si se trataba de la mañana o de la tarde. Varios libros de encuadernaciones desgastadas cubrían una mesa de caoba que dominaba el centro de la pieza. Por las ventanas de cristales cuadrados se podía ver cómo el sol se diluía tras las cimas de las colinas. Jonathan descubrió, en un hueco, la puertecita a la que se dirigía Clara. Cuando ella se metió en la recámara, Jonathan quiso retroceder para cederle el paso y, al poner la mano en el picaporte, sus cuerpos se rozaron y el extraño vértigo volvió a empezar.

Nubes pesadas ensombrecieron el cielo a una velocidad fulgurante. El día cesó y la lluvia de la noche comenzó a caer. Una ventana de la biblioteca cedió ante la tormenta. Jonathan atravesó la estancia e intentó cerrarla de nuevo, pero su brazo se negaba a obedecerle. Todos sus músculos estaban entumecidos. Quiso llamar a Clara, pero ningún sonido salió de su boca. En el exterior, todo cambiaba. Los espléndidos rosales que se adherían a las paredes del edificio lo cubrían ahora de un modo salvaje. Los postigos desconchados crujían en el piso de arriba, bajo los embates del viento. Algunas tejas se desprendieron de la techumbre para ir a estallar en el suelo. Jonathan, torturado por sus pulmones, sintió que le faltaba el aire. El aguacero le azotó las mejillas. Delante de la casa, había un carruaje aparejado en un estado lamentable. Los cascos que golpeaban el suelo indicaban la inquietud del caballo, al que un cochero con chistera intentaba contener tirando cuanto podía de las riendas. En el interior del carromato una silueta joven se arropaba con una capa gris, mientras que una capucha le cubría la cabeza. Una pareja de mediana edad salió apresuradamente de la vivienda. El hombre, de constitución imponente, hizo subir a la mujer, a la que protegía con el brazo. Cerró la portezuela, asomó la cabeza por la ventana y gritó: «¡Ya están aquí, rápido, al bosque!».

El cochero fustigó el caballo y el coche rodeó el gran árbol. Al álamo que dominaba el parque ya no le quedaba follaje. El verano, apenas incipiente, parecía acercarse ya a su fin. La voz desconocida le llegó de nuevo: «¡Vamos, vamos, dese prisa!», murmuraba mezclándose con las ráfagas de viento.

Jonathan volvió la mirada con gran dificultad al interior de la biblioteca. La decoración había cambiado. En el extremo de la estancia, la puerta que daba al pasillo se abrió de repente. Jonathan vio dos siluetas que huían al piso de arriba; una de ellas llevaba bajo el brazo un bulto grande envuelto en una manta. Jonathan supo que en pocos segundos le faltaría el aire. Inspiró profundamente y procuró con todas sus fuerzas luchar contra el embotamiento; retrocedió un paso y el vértigo cesó de inmediato. Clara continuaba delante de él. Volvía a encontrarse dentro de la recámara.

–Te ha vuelto a ocurrir, ¿verdad? –preguntó ella.

–Sí –respondió Jonathan, recuperando el aliento.

–A mí también me sucede, también tengo visiones –murmuró–. Se producen cuando nos tocamos.

Cuando se explica en voz alta aquello que resulta muy extraño, su efecto se multiplica. Ella lo miró fijamente y sin decir nada más entró en el pequeño despacho.

El caballete estaba instalado en el centro del cuarto. Cuando Clara alzó la manta que protegía el cuadro, le ofreció a Jonathan ese momento único con el que siempre había soñado. Cuando contempló la tela, no dio crédito a lo que veía.

6

De espaldas, congelada en la eternidad del cuadro, la joven estaba de pie; el vestido plisado que llevaba era de un rojo denso y profundo, un rojo que Jonathan no había visto nunca. Rozó la tela con las yemas de los dedos. La obra era más bella de lo que hubiera podido imaginar. En primer lugar estaba el tema, que transgredía todas las normas que Vladímir se había impuesto, y luego ese rojo indescriptible que le recordó que el pintor mezclaba y preparaba personalmente sus colores, al modo tradicional.

La excitación subyacía bajo sus reflexiones de especialista. El motivo del contraluz que el pintor había adoptado aquí era ya de una ejecución contemporánea. No se trataba de que vibrase la luz, sino de una figuración precisa, de un avance premonitorio del siglo XX. Al fondo, un álamo azulado sobre un cielo verde esmeralda anunciaba lo que años después sería el fovismo. Y Jonathan percibió aún mejor la dimensión del talento de su pintor. Vladímir no pertenecía a ninguna época. Aquel cuadro no tenía precedentes ni parangón.

–¡Así que lo hiciste, viejo diablo! –murmuró–. Pintaste tu obra maestra.

Y de este modo se quedó largas horas contemplando *La joven del vestido rojo*, y Clara, que había abandonado la habitación, no fue a interrumpir en ningún momento de la noche el silencio que envolvía el singular encuentro entre el pintor y su historiador.

No entró en el despacho hasta que despuntó el día. Dejó una bandeja encima de un escritorio, corrió las cortinas y dejó pasar la luz por la ventana que entreabrió. Jonathan entornó los ojos y se desperezó. Se sentó delante de ella junto a la mesa y Clara le sirvió una taza de té. Se miraron durante un rato sin decir nada hasta que él rompió la complicidad del momento.

–¿Qué piensas hacer?

–Eso dependerá de ti, en gran medida –dijo ella volviendo a salir.

Jonathan se quedó a solas un instante. Ahora sabía que el cuadro que había estado estudiando toda la noche por fin le otorgaría a Radskin el reconocimiento que se le debía. *La joven del vestido rojo* consagraría al pintor a los ojos de sus contemporáneos. Los conservadores del Metropolitan de Nueva York, de la Tate Gallery de Londres, del Museo d'Orsay de París, del Prado de Madrid, del Museo Uffizi de Florencia y del Bridgestone de Tokio, todos ellos querrían desde ahora exponer la obra de Radskin. Jonathan tuvo un pensamiento furtivo para Peter, que se preguntaría cuál de ellos iba a ofrecer más por colgar definitivamente aquella obra en las paredes de su museo. Sacó el teléfono móvil del bolsillo, marcó su número y dejó un mensaje en el contestador.

–Soy yo –dijo–, tengo una noticia que darte. Estoy delante del cuadro que tanto hemos buscado, y créeme: está muy por encima de nuestras expectativas. Te va a convertir en el más feliz y envidiado comisario tasador.

–Sólo hay un detalle –dijo Clara a su espalda.

–¿Qué detalle? –preguntó Jonathan mientras se guardaba el móvil en el bolsillo.

–¡Debes de estar realmente impresionado para no haberte dado cuenta!

Se levantó y le tendió la mano para llevarlo hacia el cuadro. Intercambiaron una mirada de perplejidad y entonces ella escondió su mano detrás de la espalda. Avanzaron hasta el caballete y Jonathan examinó una vez más la pintura de Vladímir. Cuando tomó conciencia de su error, se le pusieron los ojos como platos, levantó la tela y miró su reverso. En un instante advirtió el catastrófico alcance de aquello que se le había escapado: Vladímir Radskin no había firmado su último cuadro.

Clara se aproximó a él y quiso ponerle la mano sobre el hombro para reconfortarlo, pero renunció a ello.

–No te culpes, no eres el primero a quien este cuadro se la juega. Sir Edward estaba tan subyugado como tú y tampoco se dio cuenta. Venga, no te quedes ahí. Creo que te sentará bien un pequeño paseo.

Y, una vez en el jardín, prosiguió con la historia del pintor y del galerista.

La enfermedad había causado estragos en Vladímir, que falleció apenas terminó *La joven del vestido rojo*. Sir Edward no se sobrepuso a la muerte de su amigo. Loco de dolor y de rabia porque el trabajo de su pintor no era reconocido en su justa medida, comprometió públicamente su reputación un año después y anunció que la última obra de Vladímir Radskin era una de las más importantes del siglo. En el aniversario de su desaparición, organizaría una prestigiosa venta para presentar la tela. Acudieron grandes coleccionistas de todo el mundo. La víspera del acontecimiento, sacó el cuadro del baúl donde lo había guardado para llevarlo a la sala en la que tendría lugar la venta.

Cuando se dio cuenta de que no estaba firmado, ya era demasiado tarde. La pompa del gran ceremonial que había organizado para consagrar la obra de su amigo se volvió en su contra. Todos los marchantes y críticos de la época lo utilizaron para atacarlo. Los círculos artísticos lo ridiculizaron. Sir Edward fue acusado de presentar una burda falsificación. Deshonrado y en la ruina, abandonó sus propiedades y se marchó de Inglaterra precipitadamente. Se fue a vivir a América con su mujer y su hija. Murió unos años después, en el más absoluto anonimato.

–Pero ¿cómo sabes todo eso? –preguntó Jonathan.

–¿Todavía no has comprendido dónde estamos?

Ante la expresión perpleja de Jonathan, Clara no pudo evitar estallar en una franca carcajada.

–Pues resulta que estás en la casa de sir Edward. Aquí es donde tu pintor pasó sus últimos años, y aquí es donde pintó un gran número de sus cuadros.

Entonces, Jonathan miró a su alrededor y vio ese lugar bajo una nueva luz. Cuando pasaron por delante del olmo, intentó imaginar a su pintor trabajando allí y adivinó el sitio donde Vladímir había instalado el caballete para pintar uno de sus cuadros preferidos. La obra cuyo paisaje original tenía delante se encontraba, por lo que él sabía, en un pequeño museo de Nueva Inglaterra. Jonathan observó el cercado blanco que rodeaba la propiedad hasta donde alcanzaba la vista. La colina que se destacaba del paisaje era bastante más alta en el cuadro que en la realidad. Entonces Jonathan se puso de rodillas y comprendió que Vladímir había realizado la obra sentado, y no de pie. Clara debió de equivocarse en la cronología de su relato: probablemente, dos años después de instalarse allí, Vladímir estaba ya muy debilitado. Volvieron a entrar en la casa bajo una hermosa tarde de verano.

Jonathan pasó el resto del día en el pequeño despacho. Se reunió con Clara al caer la tarde, cuando ella estaba tarareando en la cocina. Entró sin hacer ruido, se apoyó contra el marco de la puerta y la observó.

–Es curioso, siempre cruzas las manos detrás de la espalda y entornas los ojos cuando estás pensativo. ¿Hay algo que te preocupa? –preguntó ella.

–¡Muchas cosas! Si hubiera por aquí alguna posada campestre donde llevarte a cenar podría perfeccionar mi conducción de tu Morgan. Además, tengo hambre, ¿tú no?

–¡Me muero de hambre! –dijo ella, tirando al fregadero los cubiertos que tenía en la mano–. Subo a cambiarme, estaré lista en dos minutos.

Y cumplió su palabra. Jonathan apenas tuvo tiempo de volver a intentar hablar con Peter, sin éxito, y de comprobar que la batería de su teléfono móvil ya no daba más de sí, cuando Clara lo llamó desde el vestíbulo, al final de la escalera.

–¡Estoy lista!

El descapotable se deslizaba bajo la luz velada de una luna creciente. Clara se había recogido el cabello bajo un pañuelo que la protegía del viento. Jonathan se preguntó cuándo había sentido tanta plenitud por última vez. Se acordó otra vez de Peter: debía avisarlo de que *La joven del vestido rojo* no estaba firmado. Ya imaginaba la cara que pondría y el trabajo que él debería realizar para salvar a su amigo. Tenía sólo unos días para encontrar el modo de autentificar un cuadro que era muy diferente de la obra conocida del pintor al que se atribuía.

Y aunque para él cada pincelada valía mucho más que cualquier firma, la ausencia de un simple garabato en la parte inferior de la tela despertaría muchos interrogantes en el ámbito artístico. En primer lugar, debía descubrir por qué Vladímir no había estampado su nombre en el cuadro. Tal vez fuese porque había traicionado sus dos normas absolutas: no utilizar nunca un pigmento rojo y no pintar a una mujer. Si éstas eran las únicas razones de tan extraño anonimato, entonces, sin saberlo, le había hecho la peor de las faenas al especialista que, un siglo y varias décadas más tarde, intentaría demostrarle al mundo la dimensión de su trabajo.

«¿Por qué lo hiciste, Vladímir?», pensó Jonathan.

–Yo no dejo de preguntarme lo mismo –repuso Clara.

La lamparita de la mesa donde los había instalado el camarero iluminaba delicadamente el rostro de Clara. Jonathan levantó la cabeza y no pudo resistir la tentación de mirarla.

–¿Acaso lees mis pensamientos?

–¡Los comparto! Además, no es todo mérito mío, has acompañado las palabras con tus labios. Estabas murmurando sin darte cuenta.

–Sin firma, la tela suscitará grandes controversias. Necesitamos elementos concretos que demuestren que Radskin es su autor.

–¿Por dónde piensas empezar?

–Por la composición de la pintura. Tendré que encontrar el origen de los pigmentos de *La joven del vestido rojo* para compararlos con los que utilizó en otras obras. Eso nos proporcionará una primera serie de indicios.

Sus manos estaban tan cerca que les habrían bastado unos centímetros ganados al pudor o al miedo para formar una sola. ¿Y quién sabe si el juntarlas les habría ofrecido las respuestas a las preguntas que ambos se hacían en secreto?

Una vez en la finca, Jonathan ocupó una habitación de invitados. Dejó su bolsa en un sillón y se apoyó con las manos en la cama, provista de un dosel con telas crudas. Luego se acercó a una de las dos ventanas que se abrían al jardín y sintió los efluvios del gran álamo que se balanceaba bajo la luz de la noche. Se estremeció, cerró las contraventanas y entró en el cuarto de baño. Clara se aproximó por el pasillo, se paró un momento ante la puerta de su dormitorio y luego se alejó hacia el que ella ocupaba en el extremo del corredor.

Se levantó muy temprano. En cuanto estuvo listo, bajó a la cocina. La estancia olía a leña quemada. Clara no había exagerado; muy de mañana, esa habitación estaba helada. Sobre la mesa había dos tazones, cerca de una cesta. Jonathan dejó una nota. Reavivó el fuego y salió por la puerta de atrás, que cerró sin hacer ruido. El jardín parecía estar durmiendo, envuelto en el rocío del alba. Jonathan llenó los pulmones de aire fresco; adoraba esa hora del día en que dos universos diferentes alternan por un instante. Ni las ramas de los árboles ni los tallos de los rosales adheridos a las paredes se movían. La grava crujió bajo sus pasos. Subió a bordo de su coche, puso el motor en marcha y abandonó la propiedad. En la carretera bordeada por altos árboles, miró por el retrovisor cómo se empequeñecía la finca. En el momento en que tomaba la primera curva, Clara abrió su ventana en el piso de arriba.

Una fina lluvia caía sobre el aeropuerto de Heathrow; Jonathan devolvió el coche y cogió el minibús que lo conduciría a la ventanilla de Alitalia. El próximo vuelo a Florencia saldría al cabo de dos horas, así que se fue a pasear por las tiendas.

Clara entró en la cocina, se acercó al fuego que crepitaba en la chimenea y sonrió. Se dirigió a los fogones, puso la tetera a hervir y se sentó a la mesa. La asistenta que venía cada día a limpiar la casa había traído el periódico y pan recién hecho. Podía oír sus pasos familiares por encima de su cabeza. Clara vio la carta que Jonathan había dejado para ella, dejó a un lado el periódico y abrió el sobre.

Clara:

Me he marchado temprano. Me habría gustado llamar a tu puerta para decirte adiós, pero todavía estabas durmiendo. Cuando leas estas líneas estaré rumbo a Florencia, siguiendo el rastro de nuestro pintor. Es curioso que haya tenido que esperar todo este tiempo para realizar el mayor descubrimiento que me ha ofrecido la vida. Quería compartir contigo una idea que me ha venido a la cabeza en el momento de despertarme. Esta revelación es como una especie de viaje, y creo que comenzó en el preciso instante en que te conocí. Pero ¿cuándo fue eso realmente? ¿Tú lo sabes?

Te telefonearé esta tarde, espero que pases un buen día, me hubiera encantado pasarlo contigo; sé que voy a echarte de menos.

Tuyo,

JONATHAN

Clara volvió a doblar la carta y la guardó lentamente en el bolsillo de su bata. Respiró hondo, miró con calma la araña suspendida en el techo, alzó las manos al cielo y soltó un inmenso grito de alegría.

El rostro sorprendido de Dorothy Blaxton, la asistenta de la casa, asomó por la puerta entreabierta.

–¿Me ha llamado, señora?

Clara carraspeó con la mano delante de la boca.

–No, Dorothy, ¡habrá sido el agua del té al silbar!

–Seguramente –dijo ella mirando la salida de gas, que Clara había olvidado encender debajo de la tetera.

Clara se levantó y dio vueltas sobre sí misma, sin siquiera darse cuenta. Le pidió a la señora Blaxton que tuviera la casa lista y que colocase algunas flores en la habitación de invitados. Se marchaba a Londres pero estaría de vuelta muy pronto.

–Muy bien, señora –respondió la asistenta mientras regresaba a las escaleras.

Y en cuanto Dorothy Blaxton estuvo en el pasillo, alzó la mirada al cielo y subió otra vez al piso de arriba.

En el preciso instante en que las ruedas del avión de Jonathan se desprendieron de la pista, Clara abandonaba su casa al volante del Morgan. Un sol redondo y cálido brillaba en el cielo.

Dos horas más tarde, aparcó su coche delante de la galería.

A varios miles de kilómetros de allí, un taxi dejaba a Jonathan en la Piazza della Repubblica, delante del hotel Savoy. Una vez en su habitación, hizo una llamada a un amigo al que no veía desde hacía tiempo. Lorenzo descolgó al primer timbre y reconoció su voz de inmediato.

–¿Qué te trae por aquí? –preguntó Lorenzo con su acento de la Toscana.

–¿Estás libre este mediodía? –respondió Jonathan.

–¡Para ti, siempre! ¿Dónde te hospedas, si no has venido a dormir a mi casa?

–En el Savoy.

–Entonces quedamos en el café Gilli dentro de media hora.

La terraza estaba abarrotada, pero Lorenzo era un cliente habitual de los locales más frecuentados de la ciudad. Un camarero le dio un abrazo, le estrechó la mano a Jonathan y los instaló sin tardanza, bajo las miradas irritadas de los turistas que hacían cola delante del establecimiento. Jonathan rechazó educadamente la carta que le presentó el maître.

–Tomaré lo mismo que él.

Los temas de conversación se encadenaron alrededor de la mesa donde los dos amigos saboreaban los placeres del reencuentro.

–Entonces, ¿crees que por fin has encontrado tu famoso cuadro?

–Estoy seguro de ello, pero necesito tu ayuda para que el mundo comparta mi punto de vista.

–Pero ¿por qué tu maldito pintor no firmó la tela?

–Todavía no lo sé, y precisamente por eso te necesito.

–¡No has cambiado nada! Sigues estando igual de loco. En los bancos de Bellas Artes, cuando los dos estábamos en París, ya me machacabas los oídos con tu Vladímir Radskin.

–Tú tampoco has cambiado, Lorenzo.

–Tengo veinte años más, así que algo habré cambiado.

–¿Y Luciana?

–Sigue siendo mi esposa, además de la madre de mis hijos. Ya sabes cómo funciona esto en Italia: ¡la familia es toda una institución! Y tú, ¿te has casado?

–¡Casi!

–Lo que yo decía, no has cambiado nada.

El camarero dejó la cuenta y dos cafés sobre la mesa.

Jonathan sacó su cartera, pero Lorenzo enseguida le cogió la mano.

–Déjame a mí, los dólares no valen nada en Europa, ¿no lo sabías? Vamos, te acompañaré a Zecchi, sus talleres están muy cerca de aquí. Puede que allí averigüemos algo más sobre los pigmentos que utilizaba tu ruso. Hace siglos que conservan los mismos preparados. Esa tienda es la memoria de nuestra pintura.

–¡Ya conozco los establecimientos Zecchi, Lorenzo!

–¡Sí, pero no conoces a nadie que trabaje en ellos, y yo sí!

Se marcharon de la Piazza della Repubblica y un taxi los dejó en el número 19 de la Via della Studio. Lorenzo se personó ante el mostrador. Una deslumbrante mujer morena que respondía al nombre de Graziella fue a recibirle con los brazos abiertos. Lorenzo susurró algunas palabras en su oído y ella las fue subrayando con unos síes casi cantados. Luego le guiñó el ojo, los condujo a la trastienda y desde allí subieron por una escalera de madera cuyos escalones crujían bajo sus pasos. Graziella había cogido una llave con una forma impresionante que hizo girar dentro del cerrojo de una puerta que se abrió a un inmenso desván al abrigo de toda luz. Una fina capa de polvo recubría las miles de obras alineadas sobre unas repisas que se extendían hasta el infinito bajo la estructura del techo. Graziella se volvió hacia Jonathan y se dirigió a él casi sin acento.

–¿En qué año estuvo aquí su pintor?

–Entre 1862 y 1865.

–Entonces sígame, los documentos de esa época se encuentran un poco más lejos.

Recorrió una estantería con las yemas de los dedos y se detuvo en los relieves de cinco volúmenes que atrajo hacia sí.

Dejó los grandes libros encima de un aparador. Todos los pedidos que se habían encargado a los establecimientos Zecchi en los últimos cuatro siglos estaban registrados en esos cuadernos.

–En otros tiempos, era aquí donde se efectuaba la preparación de óleos y pigmentos –dijo Graziella–. Los más grandes maestros han pisado este suelo. Ahora es una sala de archivos que depende del Museo de Florencia. ¿Sabe que debería tener una autorización del conservador para estar aquí? Si me viese mi padre, se pondría furioso. Pero como usted es amigo de Lorenzo, está en su casa. Le ayudaré a buscar.

Jonathan, Lorenzo y Graziella se pusieron manos a la obra alrededor de la mesa. A medida que pasaba las páginas manuscritas del volumen que estaba consultando, Jonathan se imaginaba a Vladímir paseándose por la estancia mientras esperaba a que sus encargos estuvieran listos. Radskin decía que la responsabilidad de un pintor no se limitaba sólo a la calidad estética y técnica de su composición, también tenía que saberla proteger de los estragos del tiempo. Cuando enseñaba en Rusia, demasiado a menudo había lamentado los destrozos causados por desafortunadas restauraciones practicadas en telas de maestros a los que apreciaba. Jonathan conocía a algunos restauradores de París que compartían plenamente la opinión de su pintor.

Oyeron que la escalera crujía y se les heló la sangre: alguien estaba subiendo. Graziella se precipitó sobre los volúmenes y se apresuró a colocarlos en su sitio. El picaporte chirrió y Graziella apenas tuvo tiempo de adoptar una actitud inocente para recibir a su padre, que entró en la estancia con aspecto sombrío. Giovanni se pasó la mano por la barba y reprendió a Lorenzo:

–¿Qué haces tú aquí? No habíamos quedado...

–Giovanni, siempre es un placer verte –respondió Lorenzo caminando alegremente hacia él.

Luego le presentó a Jonathan. Los rasgos del padre de Graziella se suavizaron cuando se dio cuenta de que su hija no estaba a solas con Lorenzo en la buhardilla de su casa.

–No te enfades con tu hija, pero le he suplicado que le dejase ver a uno de mis más fieles amigos este lugar único en Florencia. Viene de América, de Boston. Te presento a Jonathan Gardner, nos conocimos en los bancos de la Universidad de París, donde estudiamos juntos. Es uno de los mejores especialistas del mundo.

–La exageración no es una fatalidad nacional, Lorenzo; ¡haz un esfuerzo! –dijo el padre de Graziella.

–¡Papá! –le riñó su hija.

Giovanni miró a Jonathan de arriba abajo, se acarició la barba, levantó la ceja derecha y al fin le tendió la mano.

–Bienvenido a mi casa; si es amigo de Lorenzo, entonces también es amigo mío. Ahora será mejor que bajéis para continuar vuestra conversación. A los huéspedes de esta habitación no les gustan mucho las corrientes de aire. Seguidme.

El anciano los condujo a una inmensa cocina, donde una mujer con el cabello atado con un pañuelo estaba de pie delante de los fogones. Tiró del cordón de su delantal y se volvió tendiendo una mano generosa a los invitados de su hija. Jonathan la observó y con el particular movimiento de sus párpados descubrió cuánto echaba de menos a Clara. Una hora después, Lorenzo y Jonathan abandonaban el hogar de Giovanni.

–¿Te quedas esta noche? –preguntó Lorenzo mientras lo acompañaba por las calles de la ciudad.

–Sí, prefiero esperar el resultado de la investigación que le he pedido a tu amiga.

–Graziella se pondrá manos a la obra, puedes confiar en ella.

–Si su padre la deja trabajar.

–No te preocupes, le conozco muy bien. Parece un tipo terrible, pero cuando se trata de su hija, es tierno como un cordero.

–Te debo una, Lorenzo.

–Pues ven a cenar a mi casa; Luciana se alegrará de volver a verte, y así hablaremos de tu trabajo.

Lorenzo dejó a Jonathan delante de su hotel y volvió a trabajar a la academia de arte donde dirigía un departamento de investigación. A Jonathan le hubiera gustado visitar el Museo Uffizi, pero estaba cerrado. Así que, resignándose a su suerte, atravesó el Ponte Vecchio y caminó hasta la Piazza Pitti. Compró un pase en la ventanilla y se adentró en los jardines Boboli.

Atravesó el patio interior y subió las escaleras que daban acceso a la terraza, separada del palacio por la fontana de Carciofo. La vista de Florencia que allí se ofrecía era conmovedora. A lo lejos, el Duomo y el Campanile dominaban los tejados, que parecían superponerse hasta el infinito. Le vino a la memoria el cuadro expuesto en el Louvre que Camille Corot había pintado en 1840. Desde el parque, la perspectiva se abría al anfiteatro construido en el siglo XV. En el centro, admiró el pilón romano y el obelisco egipcio. Subió hacia la cima de la colina. A su derecha, una avenida subía hasta desembocar en una rotonda. Se sentó al pie de un árbol para recobrar el aliento en la deliciosa tarde florentina. Cerca de él, sobre un pequeño banco de piedra, una pareja se cogía de la mano, admirando en silencio la majestuosidad de las obras a su alrededor. En los jardines Boboli reina esa atmósfera marcada por una quietud que sólo los siglos saben forjar. Melancólico, Jonathan cerró los ojos en una suave intimidad y se dirigió hacia el Viottolone.

El largo trecho flanqueado por cipreses seculares descendía en una pronunciada pendiente hacia la Piazzale dell'Isolotto, presidido por un estanque circular adornado con estatuas. En su centro, un islote exhibía naranjos y limoneros. Jonathan se aproximó a la fuente del Océano. En medio de aquellos personajes míticos, el rostro de Vladímir se reflejó de repente en las aguas tranquilas, como si el pintor se hubiera acercado por su espalda sin que él oyera sus pasos. Jonathan dio la vuelta y creyó reconocer la silueta de Vladímir, escondiéndose ahora detrás de un árbol. El viejo pintor deambulaba con aire indiferente por entre todas las culturas del pasado que impregnaban aquel lugar con sus perfumes secretos. Intrigado, Jonathan lo siguió en su paseo hasta el estanque de Neptuno. Vladímir se detuvo ante la estatua de la Abundancia y se acercó a él. Sellándose la boca con un dedo, le indicó que no dijera nada; luego puso una mano protectora sobre su hombro y se lo llevó.

La avenida por la que descendieron juntos conducía a los pies del fuerte Belvedere. Cogieron una larga rampa que, a la derecha del palacio, conducía a unas cuevas. «Esta creación la compuso Buontalenti, y está formada por varias salas adornadas con pilas, pinturas, estalactitas y una roca esculpida», le susurró al oído su pintor. «Mira qué hermoso es todo esto», le volvió a murmurar. Luego le saludó y desapareció en sus ensueños.

Jonathan se levantó del banco donde se había adormilado. Cuando salía del parque, al pasar por delante de la pequeña fuente de Baco, saludó al enanito que cabalgaba sobre una tortuga.

Graziella subió a hurtadillas al desván. Giró el picaporte con mucho cuidado, recorrió las largas estanterías y cogió el volumen delicadamente. Lo colocó sobre la mesa y emprendió, a la luz de una pequeña lámpara, la labor que le había encomendado Lorenzo. Absorta en la lectura, se sobresaltó cuando su padre se sentó a su lado. La cogió por el hombro y la atrajo hacia él.

–Dime, ¿qué andas buscando, hija mía?

Ella sonrió y le besó en la mejilla. Las páginas del viejo libro se volvieron, y las finas partículas de polvo que titilaron al agruparse bajo los rayos de luz trazaron de nuevo todas las escrituras de aquellos lugares cargados de misterio. Graziella y Giovanni trabajaron hasta que terminó el día.

La noche cayó sobre Florencia. Jonathan llegó ante el edificio del siglo XVI que albergaba el apartamento de Lorenzo. En ese mismo instante, Graziella salía al patio de la casa de los Zecchi. Llevaba una gran estola, pero no para protegerse del frescor toscano. Apretado contra su talle, ocultaba un gran volumen encuadernado con grabados. Levantó la mirada hacia las ventanas de los pisos superiores; su padre y su madre estaban ante el televisor, y ella cruzó el umbral y se adentró en las calles de la vieja ciudad.

En Londres, Clara se encontraba en compañía de un comisario tasador inglés y del especialista que lo acompañaba. Miró discretamente su reloj. Anunció a los contrincantes de Jonathan y de Peter que ya había tomado su decisión y que no iban a ser ellos los candidatos seleccionados. Después abandonó la estancia. Antes de cerrar la puerta, Clara miró la reproducción de la pintura de Camille Corot que estaba colgada en la pared de la sala de reuniones. Era de una fidelidad sobrecogedora. Se perdió en aquel paisaje, donde su alma vagaba más allá de los tejados de Florencia.

Anna recorrió con largos pasos el mercado a cielo abierto del puerto viejo de Boston, hasta que se instaló en la terraza de uno de los numerosos cafés que rodeaban los paseos. Abrió el periódico. Una mujer de cabello blanco llegó diez minutos después y se sentó delante de ella.

–Perdón por el retraso, pero el tráfico es infernal.

–¿Y bien? –preguntó Anna, dejando a un lado el diario.

–Todo va mejor de lo que esperaba. Si un día me decidiera a publicar mis trabajos, me darían el premio Nobel.

–Si algún día publicaras tus trabajos, acto seguido te encerrarían en un manicomio.

–Puede que tengas razón, la humanidad siempre ha rechazado los descubrimientos revolucionarios. ¡Y sin embargo, como dijo un viejo amigo mío, se mueve!

–¿Tienes las fotos?

–Por supuesto que tengo las fotos.

–Entonces todo va lo mejor posible en el mejor de los mundos. Tengo prisa por que todo esto termine –dijo Anna.

–Paciencia, querida –repuso la mujer de cabello blanco–, llevamos esperando este momento desde hace mucho tiempo, así que mantén la calma en las próximas semanas. Pasarán mucho más deprisa de lo que imaginas, confía en mí.

–Es lo que siempre he hecho –dijo Anna, levantando la mano para llamar la atención del camarero.

Luciana había preparado una suntuosa cena. Los dos hijos de Lorenzo fueron a saludar a Jonathan, y Graziella se reunió con ellos en el momento en que se disponían a sentarse a la mesa.

–Creo que he encontrado algo –dijo Graziella–, pero luego lo veremos.

En cuanto terminaron de comer, fue a la entrada a buscar el paquete que había traído bajo su estola. Dejó el volumen sobre la mesa del salón y lo abrió. Jonathan y Lorenzo habían tomado asiento a su lado.

–Su Vladímir nunca vino a Florencia o, al menos, jamás puso los pies en Zecchi.

–¡Eso es imposible! –dijo Jonathan.

Lorenzo le indicó con una seña que dejara hablar a Graziella. Ésta giró una página y luego otra, antes de volver hacia atrás.

–Mire, aquí está –dijo, señalando la escritura finamente trazada con tinta azul.

Señaló con el dedo la primera columna, donde constaba el objeto del encargo: pigmentos, óleos, pinceles, disolvente, conservante... La segunda indicaba la fecha de la preparación; la tercera, el importe que se debía, y la última quién había realizado el encargo. Al final de la línea manuscrita, figuraba el nombre de sir Edward.

–No era él quien venía aquí –añadió Graziella.

El misterio que Jonathan había ido allí a dilucidar se volvía más espeso.

–Le he preparado una lista exhaustiva de lo que compraba. Hay un detalle interesante: lo menos que puede decirse es que su galerista no escatimaba en gastos. Los óleos que elegía costaban una verdadera fortuna para la época.

Le explicó a Jonathan que, para aumentar su pureza, los fabricantes extendían los óleos en grandes cubetas que colocaban sobre los ardientes tejados de la casa Zecchi. Por la noche, recogían solamente la superficie del líquido.

–Pero eso no es todo, he encontrado la pista de los pinceles que compró. Eran Majolicas, de primerísima calidad, realizados con los mismos pelos que se utilizaban para fabricar brochas de afeitar. Estos pinceles también eran extraordinariamente caros, pero garantizaban un alisado muy regular y preciso de las mezclas de colores en la paleta del pintor.

Luciana les trajo café y fueron a tomárselo lejos del cuaderno, que Graziella cerró con cuidado.

–Si te pilla tu padre, se oirá aullar mi nombre en toda la ciudad –dijo Lorenzo, mirándola.

–Él me ha ayudado a envolverlo. Conoces a papá tan bien como yo.

Lorenzo había sido alumno de Giovanni, un alumno terrible, según lo calificaba el padre de Graziella, pero uno de sus preferidos, pues su curiosidad era inagotable.

–En cambio –continuó Graziella–, preferiría encontrarme de vacaciones en Roma si se llegara a enterar de lo que acabo de hacer.

Graziella sacó un papel de su bolsillo en el que había copiado las composiciones de todos los pigmentos que sir Edward había comprado en Florencia.

–He recuperado una muestra de cada uno de ellos, para que pueda compararlos con los de su cuadro. No sé si esto bastará para autentificarlo, pero es todo lo que puedo hacer.

Jonathan se levantó y abrazó a Graziella.

–No sé cómo darle las gracias –le dijo–. Es precisamente lo que necesitaba.

Con las mejillas encarnadas, Graziella se liberó de su espontáneo apretón y carraspeó.

–Entonces, devuelva a su pintor al lugar que merece; yo también aprecio mucho a su Vladímir.

La velada llegó a su fin y Lorenzo acompañó de vuelta a Graziella y su preciado manuscrito. Cuando la dejó delante de la casa de los Zecchi, ella le preguntó si Jonathan era soltero. Lorenzo sonrió y le explicó que presentía que la vida sentimental de su amigo era un poco complicada en aquel momento. Graziella se encogió de hombros y sonrió.

–Siempre pasa lo mismo cuando un hombre me gusta. Después de todo, como decía mi abuela, un hermoso encuentro consiste en pasar un momento agradable con personas agradables, y me alegro mucho de haberle conocido. Salúdale de mi parte y dile que si por casualidad vuelve solo algún día a Florencia, estaré encantada de comer con él.

Lorenzo prometió darle el recado y, cuando la puerta de Graziella se cerró, retomó el camino de vuelta. Luciana aprovechó la ausencia de Lorenzo para iniciar una conversación con Jonathan.

–¿Así que por fin te has decidido? Lorenzo me ha dicho que te vas a casar.

–El diecinueve de junio; sería formidable que pudierais venir.

–¡Y estaría formidablemente por encima de nuestras posibilidades! El trabajo de mi marido es admirable, y ver cómo vive su pasión me colma todos los días, pero el fin de mes de un investigador es bastante duro. Aun así somos felices, Jonathan, ya lo sabes; nunca hemos dejado de serlo, tenemos todo cuanto nos hace falta y hay mucho amor en esta casa.

–Lo sé, Luciana; siempre os he admirado, a Lorenzo y a ti.

Luciana se inclinó hacia él y le cogió la mano.

–¿Tú también estás preparando un bello futuro con la mujer con la que te vas a casar?

–¿Por qué me lo preguntas con una mirada tan lúgubre?

–Porque no pareces muy contento para ser alguien que piensa celebrar su boda dentro de unas semanas.

–Últimamente estoy un poco confuso. Debería estar a su lado, en Boston, ayudándola a preparar la ceremonia, y estoy aquí, en Florencia, persiguiendo enigmas que esperan desde hace siglos y que podrían haber esperado unos meses más.

–Entonces, ¿por qué lo haces?

–No lo sé.

–Pues yo creo que lo sabes muy bien: eres un hombre inteligente. ¿Ese cuadro es lo único que ha surgido en tu vida?

Jonathan miró a Luciana, atónito.

–¿Ahora tienes dones de vidente?

–El único don que tengo –le dijo Luciana– es el de tomarme la molestia de observar a mi marido, a mis hijos y a mis amigos; es mi forma de comprenderlos y de quererlos.

–¿Y qué ves cuando me observas?

–Veo dos luces en tu mirada, Jonathan. Es una señal que nunca engaña. Una corresponde a tu razón y la otra a tus sentimientos. Los hombres siempre lo complican todo. Ten cuidado, el corazón acaba por romperse cuando uno tira demasiado de él. Para entender lo que te digo, basta con saberlo escuchar. Yo conozco un medio muy fácil...

Lorenzo llamó a la puerta. Luciana se levantó y le sonrió a Jonathan.

–¡Ha vuelto a olvidar las llaves!

–¿Un medio muy fácil para qué, Luciana?

–Con la grappa que te he servido, esta noche dormirás bien, la preparo yo misma y conozco sus efectos. Mañana por la mañana, cuando te despiertes, presta atención al primer rostro que venga a ti; si es el mismo que el de la persona en la que pensabas al dormirte, entonces hallarás la respuesta a la pregunta que te atormenta.

Lorenzo entró en la sala y dio unos golpecitos en el hombro de su amigo. Jonathan se levantó y saludó cariñosamente a sus anfitriones. Prometió no dejar pasar tanto tiempo antes de volver a visitarlos. La pareja lo acompañó hasta el final de la calle y Jonathan prosiguió en solitario su camino hasta la Piazza della Repubblica. El café Gilli ya cerraba y sus empleados estaban limpiando la terraza. Un camarero le dedicó un saludo amistoso. Jonathan le saludó a su vez y atravesó la plaza casi desierta. Durante el camino, no había dejado de pensar en Clara.

Clara entró en el pequeño apartamento que ocupaba en Notting Hill. No encendió ninguna luz, sino que se deslizó entre las sombras de la sala de estar. Pasó la mano por la consola de la entrada, la dejó vagar sobre el respaldo del sofá, rozó el contorno de la pantalla que coronaba la lámpara y avanzó hasta la ventana. Contempló la calle desierta a sus pies y dejó caer su gabardina al suelo. Se desabrochó la falda y se quitó la blusa. Desnuda, tiró de la manta que estaba doblada sobre el respaldo de un sillón y se envolvió con ella. Lanzó una mirada furtiva al teléfono, suspiró y entró en su dormitorio.

Jonathan había dejado el Savoy a primera hora de la mañana y había despegado a bordo del primer avión rumbo a Londres. En cuanto el aparato aterrizó, se puso a correr por los interminables pasillos de Heathrow, pasó por la aduana jadeando y continuó a la carrera. Al llegar a la salida de la terminal, divisó la larga cola en la parada de taxis, dio media vuelta y se apresuró en dirección al tren. El Heathrow Express invertía quince minutos en llegar al centro de la capital: si no perdía el siguiente tal vez llegara a tiempo para hacer realidad el sueño que tenía desde que había despertado por primera vez.

Llegó jadeando a lo alto de las vertiginosas escaleras mecánicas que se sumergían en lo más profundo de la tierra. Jonathan bajó los escalones de cuatro en cuatro, emprendió un arriesgado giro sobre el suelo de mármol deslizante y fue a dar a un largo pasillo cuyo extremo era incapaz de distinguir. Los paneles electrónicos suspendidos en los techos a intervalos regulares anunciaban la próxima salida para Londres en dos minutos y veintisiete segundos. La plataforma aún no estaba a la vista, y Jonathan aceleró su carrera desenfrenada.

El pasillo parecía no terminar nunca, sonó un prolongado timbre y la cuenta atrás de los segundos se exhibía parpadeando con viveza en los letreros luminosos. Empleó sus últimas fuerzas. Las puertas del tren se estaban cerrando cuando llegó al andén. Jonathan lanzó los brazos hacia delante y de un salto se metió en el vagón. El

Heathrow Express de las 8.45 horas arrancó. Los quince minutos de viaje le permitieron recuperar algo de aliento. En cuanto el convoy llegó a su destino, Jonathan atravesó la estación de Paddington corriendo, y después tomó un taxi. Eran justo las 9.10 cuando por fin entró en el pequeño café frente al número 10 de Albermarle Street; Clara llegaría dentro de cinco minutos. ¿Quién había dicho que, para conocer las costumbres de una persona, basta con tomarse la molestia de observarla vivir?

Absorta en la lectura de un artículo, Clara se dirigió a la barra de forma automática. Pidió un capuchino sin levantar la vista, dejó una moneda al lado de la caja, cogió su vaso y fue a sentarse a la barra que había al lado del cristal.

Se estaba llevando el café a los labios cuando un pañuelo blanco entró en su campo de visión. No levantó la cabeza enseguida y, sintiendo que sería una verdadera estupidez reprimir la alegría que la dominaba, giró sobre sí misma para abrazar a Jonathan. Luego volvió a sentarse en su taburete, procurando ocultar su rostro y disimular su turbación detrás de la taza de café.

–Tengo buenas noticias –dijo Jonathan.

Entraron en la galería y Jonathan le explicó casi todos los detalles de su viaje a Italia.

–No lo entiendo –dijo Clara, pensativa–. En una carta a uno de sus clientes, sir Edward se felicitaba por haber enviado a Vladímir a Florencia. ¿Por qué tendría que haber mentido?

–Yo me pregunto lo mismo.

–¿Cuándo podrás efectuar las comparaciones entre las muestras que has traído y la pintura de la tela?

–Tengo que hablar con Peter para que me recomiende algún laboratorio en Inglaterra.

Jonathan miró su reloj, casi era mediodía en Londres, cinco horas menos en la costa este de Estados Unidos.

–¡Puede que aún no se haya acostado!

Peter buscó a tientas el origen de ese ruido insoportable que le impedía terminar su noche de un modo decente. Se quitó la máscara de los ojos, pasó el brazo por encima del rostro dormido de una tal Anita y descolgó el teléfono mientras refunfuñaba.

–¡Sea quien sea, acaba de perder a un ser querido!

Y colgó.

Unos segundos después, el timbre sonó de nuevo. Peter emergió de su denso edredón.

–¡Puñetero cabezón! ¿Quién es?

–Soy yo –dijo Jonathan tranquilamente.

–¿Has visto qué hora es? ¡Es domingo!

–Martes, Peter, estamos a martes.

–Mierda, no me he dado cuenta de que pasaba el tiempo.

Mientras Jonathan le explicaba lo que necesitaba, Peter sacudió delicadamente a la criatura que dormía a su lado. Murmuró en el hueco de la oreja de Anita que tenía que vestirse enseguida, pues estaba llegando terriblemente tarde.

Anita se encogió de hombros y se levantó; Peter la cogió del brazo y la besó con ternura en la frente.

–Y te dejo en tu casa si estás lista dentro de diez minutos.

–¿Me estás escuchando? –preguntó Jonathan al otro lado de la línea.

–¿Y a quién quieres que escuche si no? De todas formas, repite lo que acabas de decir; aquí es muy temprano.

Jonathan le pidió que le informara sobre algún laboratorio inglés.

–Para pasar la tela por los rayos X, tengo un amigo al que puedes llamar de mi parte, su laboratorio no está muy lejos de tu hotel.

Jonathan garabateó en un papel la dirección que le dictó Peter.

–Para los análisis orgánicos –continuó Peter–, déjame hacer algunas llamadas.

–Tienes un día, te recuerdo que eres tú el que tiene el tiempo contado.

–Gracias por recordármelo cuando me acabo de levantar. ¡Ya decía yo que me faltaba algo para empezar bien el día!

Peter casi había terminado de clasificar la documentación que había traído de Londres. Las horas pasadas en los locales de los archivos de Christie's le habían permitido fotocopiar recortes de prensa publicados durante los años que Radskin pasó en Inglaterra.

Cuando terminase su lectura, elaboraría una síntesis del contenido de todos los artículos que se referían a la famosa venta organizada por sir Edward, en el transcurso de la cual había desaparecido el cuadro.

–Tenemos que descubrir por qué desapareció.

–Resulta muy tranquilizador: llevamos veinte años buscando esta información, y dentro de quince días ya habré aclarado el misterio –respondió Peter en tono sarcástico.

–¿Recuerdas lo que te dijo tu colega policía? –repuso Jonathan.

–Sé un poco más preciso, tengo un montón de colegas en la policía.

–¡El que vive en San Francisco!

–¡Ah sí, Georges Pilguez!

–Me lo has nombrado cien veces durante nuestras investigaciones: le basta con el menor indicio para recrear el desarrollo de unos hechos.

–Creo que Pilguez lo decía mejor, pero ya sé a qué te refieres. Te volveré a llamar cuando haya organizado la secuencia del protocolo de exámenes.

Anita salió del cuarto de baño en el preciso instante en que Peter colgaba, llevaba unos vaqueros y una camiseta lo bastante ajustados para no tener que plancharlos una vez lavados. Peter dudó y le tendió la mano a la joven para que lo ayudara a levantarse. Al instante, la aspiró hacia la cama.

Jonathan marcó el número que le había dado Peter. El radiólogo le preguntó por las dimensiones del cuadro y lo dejó a la espera. Volvió al aparato unos instantes después; Jonathan estaba de suerte, le quedaban dos placas de radiografías del tamaño adecuado.

La cita se había fijado para primera hora de la tarde. Clara y Jonathan se miraron vacilantes antes de arrojarse sobre las mantas para envolver la obra. La caja de protección y el camión de seguridad quedaron descartados en la fiebre de su búsqueda. Se metieron juntos en un taxi que los dejó en una pequeña calle embutida entre Park Lane y Green Street. Llamaron al interfono y una voz los invitó a subir al segundo piso. Jonathan subió las escaleras con impaciencia; intrigada, Clara cerraba la marcha.

Una empleada con blusa blanca abrió la puerta y les indicó que pasaran a la sala de espera. Una mujer embarazada esperaba el resultado de su ecografía del cuarto mes y un joven con la pierna escayolada miraba su última radiografía. Cuando la paciente del brazo en cabestrillo le preguntó a Jonathan con voz intrigada qué le pasaba exactamente, Clara se escondió detrás de un ejemplar del *Times* que encontró sobre una mesa baja. El doctor Jack Seasal apareció por la puerta entreabierta e hizo una discreta seña a Jonathan y a Clara.

–Una urgencia –murmuró disculpándose ante los demás pacientes.

–¡Veamos esta maravilla! –dijo, entusiasmado, haciéndoles entrar en la sala de radio.

Jonathan levantó la manta y Jack Seasal, amigo de Peter y gran amante de la pintura, quedó extasiado ante la belleza de *La joven del vestido rojo*.

–Peter no ha exagerado –dijo, inclinando la mesa de examen para dejarla en horizontal–. Espero ir a visitarle a Boston en septiembre, tenemos un congreso de medicina –prosiguió mientras ayudaba a Jonathan a colocar la tela.

El radiólogo señaló la zona de irradiación con ayuda de unos marcadores. Con una serie de gestos precisos, insertó bajo la mesa la placa que albergaba el film, ajustó el generador perpendicularmente a la superficie de la tela y ofreció dos batas marrones a sus visitantes.

–Para su protección –dijo–. Es obligatorio.

Ataviados con sus batas de plomo, Clara y Jonathan se colocaron detrás de la cabina de cristal. El doctor Seasal verificó por última vez su instrumental y se reunió con ellos. Pulsó un botón. El haz de luz atravesó todo el espesor del cuadro para imprimir sobre un negativo de una composición química muy especial algunos de los misterios que ocultaba.

–No respiren, voy a hacer una segunda toma –dijo el médico mientras iba a buscar la placa.

Jonathan y Clara esperaron alrededor del aparato el tiempo necesario para el revelado. El doctor Seasal volvió quince minutos después. Sustituyó dos instantáneas de fémur y una de un pulmón derecho, pegadas en el panel retrofluorescente, por la que acababa de revelar. La radiografía del cuadro de Vladímir apareció traspasada por la luz. Para todo especialista o restaurador, radiografiar un cuadro es un momento muy especial. Los rayos X descubren una parte invisible de la obra, y a Jonathan le proporcionarían sustanciosas indicaciones sobre la naturaleza del soporte que había utilizado Vladímir. Comparando esas radiografías con las obtenidas de otros cuadros del mismo autor, podría certificar que la tela sobre la que se había pintado *La joven del vestido rojo* tenía el mismo tejido que las que Radskin había utilizado en Inglaterra.

Al estudiar la instantánea más de cerca, Jonathan creyó descubrir algo.

–¿Podría apagar la luz de la habitación? –murmuró.

–Éstas son las únicas radiografías de las que no podría dar ningún informe –dijo Jack Seasal dirigiéndose hacia el interruptor–; sin embargo, espero que aprecie usted la excelente calidad de las copias.

La estancia se sumió en una oscuridad entorpecida tan sólo por el resplandor del panel mural. El corazón de Clara y el de Jonathan se pusieron a latir al mismo ritmo. Ante sus asombrados ojos, a cada lado de *La joven del vestido rojo* aparecieron diversas anotaciones en lápiz.

–¿De qué se trata?, ¿Qué ha querido decirnos?

–No veo más que series de cifras y algunas letras mayúsculas –respondió Clara con una entonación llana.

–Igual que yo, pero si consigo autentificar su escritura, tendremos la prueba que necesitamos –murmuró Jonathan.

El doctor Seasal carraspeó a sus espaldas. En la sala de espera, el nerviosismo se estaba apoderando de sus pacientes. Jonathan recogió las radiografías, Clara protegió el cuadro con la manta y agradecieron efusivamente al radiólogo que los hubiera recibido. Al salir, prometieron darle recuerdos a Peter en cuanto hablasen con él.

De vuelta, en la galería, se colocaron alrededor de la mesa luminosa en la que Clara solía visionar diapositivas y pasaron el resto del día estudiando las radiografías. Clara copiaba metódicamente las anotaciones de Vladímir en el cuaderno de Jonathan, que la abandonó un momento para ir a buscar unos documentos en su bolsa.

Con un gesto torpe, a Clara se le cayó el cuaderno de espiral, y cuando se agachó para recogerlo intentó encontrar otra vez la página en la que estaba escribiendo. De repente, se detuvo en otra hoja. Con el dedo acarició lentamente el dibujo de un rostro que reconoció. Jonathan venía hacia ella. Clara cerró enseguida el cuaderno y lo dejó otra vez sobre la mesa.

La escritura en mayúsculas que Vladímir había trazado con lápiz sobre su tela no permitía identificar oficialmente a su autor. A pesar de todo, los esfuerzos de aquel día no habían sido en vano: Jonathan había podido analizar la tela que había servido como soporte para la pintura. Era idéntica en todo detalle a las que había estudiado en el pasado. Tejida con una trama de catorce hilos horizontales por centímetro cuadrado y con otros tantos verticales, era perfectamente similar a las que sir Edward le proporcionaba a Vladímir. Lo mismo podía decirse del armazón sobre el que se había tensado. Llegada la noche, Jonathan y Clara cerraron la galería y decidieron pasear por las tranquilas calles del barrio.

–Quería darte las gracias por todo lo que estás haciendo –dijo Clara.

–Todavía estamos muy lejos del final –respondió Jonathan–. Además, soy yo quien debería agradecértelo.

Durante el paseo por las aceras desiertas, Jonathan reveló que aún necesitaría más ayuda para llevar a buen puerto su misión en el plazo convenido. Por muy convencido que estuviera de la autenticidad del cuadro, tendría que realizar otros exámenes si quería ofrecer un veredicto irrefutable.

Clara se detuvo bajo la luz de una farola y lo miró. Deseaba hablarle, encontrar las palabras adecuadas pero, posiblemente, en aquel preciso instante el silencio fuese lo más conveniente entre ellos. Inspiró y prosiguió su marcha. También Jonathan guardó silencio. Tras recorrer unos pocos metros, llegarían al hotel y se separarían debajo del toldo. En aquel momento de la noche, él habría deseado prolongar hasta el infinito los pasos que le quedaban por dar. Y mientras lo intentaba, en el ligero balanceo de sus brazos extendidos a los lados de sus cuerpos, sus dos manos se rozaron. El dedo meñique de Clara se acopló al suyo y los demás se enlazaron. En la noche londinense, dos manos formaron una sola y el vértigo reapareció.

Suntuosas lámparas de cristal iluminaron con sus miles de velas una imponente sala de ventas cuyos asientos estaban todos ocupados. Hombres vestidos con chistera y chaqué se apresuraban entre las filas, ocupando hasta el mínimo espacio. Algunos de ellos iban acompañados por mujeres con vestidos anchos. Sobre una tarima, un caballero oficiaba detrás de su pupitre. El martillo retumbó para adjudicar un jarrón antiguo. Detrás de él, en los bastidores donde Jonathan y Clara creían estar, se afanaban unos hombres con chaqueta gris. Un rótulo tapizado de terciopelo rojo giró sobre su eje y el jarrón desapareció de la sala, pues fue apartado de su pedestal por un empleado que lo reemplazó de inmediato por una escultura.

El hombre volvió a girar el rótulo, ofreciendo el bronce a la vista de los pujadores. Jonathan y Clara se miraron. Era la primera vez que se advertían el uno al otro en sus vértigos inexplicables. Si bien les resultaba imposible pronunciar cualquier palabra, no sentían las molestias de los ataques anteriores. Muy al contrario, con las manos todavía unidas, sus cuerpos parecían liberados del tiempo. Jonathan se acercó a Clara y ella se apoyó contra él, que reconoció el perfume de su piel. El martillo del comisario tasador los sobresaltó. Un extraño silencio invadió la sala. El rótulo volvió a girar, la escultura fue retirada y el hombre de la chaqueta gris colocó un cuadro que ambos reconocieron de inmediato. Un ujier anunció la subasta inminente de la obra cumbre de un gran pintor ruso. El cuadro que salía a la venta, precisó el ujier, provenía de la colección personal de sir Edward Langton, reputado galerista de la sociedad londinense. Un pasante cruzó la sala y subió a la tarima con un sobre bajo el brazo que remitió al ujier. El oficial lo desplegó, examinó la carta que contenía y se inclinó para transmitir su mensaje al comisario tasador, cuyo rostro quedó petrificado. Le pidió al joven notario que se acercara y le hizo una pregunta al oído:

–¿Se lo ha dado él personalmente?

El pasante juramentado asintió gravemente con un movimiento de cabeza. Entonces el comisario se dirigió en voz alta a los encargados para decirles que no presentaran el cuadro: ¡se trataba de una falsificación! Luego señaló con el dedo a un hombre que estaba sentado en la última fila. Todas las miradas se posaron en sir Edward, que se levantó precipitadamente. Una voz se elevó denunciando el escándalo, otra la estafa, y una tercera se preguntaba cómo se iba a pagar a los acreedores, pues «aquello no era más que una superchería», como rugió una cuarta voz.

El corpulento hombre se abrió camino a través de la multitud aglutinada y logró cruzar las puertas que se abrían en lo alto de la gran escalinata. Bajó los escalones casi rodando, perseguido por los marchantes que lo empujaban, y huyó hacia la calle. La sala de ventas se vació detrás de él.

«Deprisa, deprisa», murmuró la voz al oído de Jonathan. Delante de él, una pareja huía llevándose, al abrigo de una manta, la última obra de Vladímir Radskin. Cuando desaparecieron tras aquellos bastidores de otros tiempos, el vértigo se esfumó.

Clara y Jonathan se miraron mudos de asombro. En la calle desierta, las bombillas de las farolas dejaron de titilar. Levantaron lentamente la cabeza. En el frontispicio del inmueble ante el que se habían cruzado sus manos, una inscripción grabada en la piedra blanca rezaba: «En el siglo XIX, este edificio fue la sede de la sala de subastas del conde de Mayfair».

7

Peter estaba cerrando la puerta de su despacho cuando sonó el teléfono. Dio media vuelta y pulsó la tecla del altavoz. El señor Gardner deseaba hablar con él; respondió la llamada sin demora.

–Debe de ser muy tarde para ti, yo ya me disponía a salir –dijo, volviendo a dejar su maletín en el suelo.

Jonathan le informó del avance de sus investigaciones. Había autentificado el soporte del cuadro, pero le resultaba imposible encontrar el menor sentido a las anotaciones que el pintor había escondido debajo de la pintura y, muy a su pesar, la escritura en letras mayúsculas no autorizaba ninguna identificación formal. Jonathan necesitaba la colaboración de su amigo. Los análisis que quería practicar requerían medios técnicos al alcance de muy pocos laboratorios privados. Peter tenía una idea, un contacto en París que tal vez pudiera serle de ayuda.

Antes de colgar, Peter mencionó un descubrimiento que había realizado hojeando los archivos londinenses. Un artículo de prensa fechado en junio de 1867 y que se les había pasado por alto hasta entonces hablaba del escándalo acontecido durante la subasta. El periodista no proporcionaba muchos más detalles.

–El cronista se centró sobre todo en destruir la reputación de tu galerista –dijo Peter.

–Tengo buenas razones para creer que el cuadro fue robado aquel día, o en todo caso que fue escondido justo antes de su presentación.

–¿Por sir Edward? –preguntó Peter.

–No, no fue él quien ocultó el cuadro en una manta.

–¿De qué estás hablando? –quiso saber Peter.

–Es un poco complicado, ya te lo explicaré.

–De todas formas –continuó Peter–, a él no le interesaba. La venta habría dotado de un valor considerable a su colección, y te hablo como comisario tasador.

–Creo que la fortuna de la que se jactaba se había agotado hacía ya tiempo –concluyó Jonathan.

–Pero ¿de dónde sacas la información? –le preguntó Peter, intrigado.

–Es una larga historia, amigo mío, y no creo que desees escucharla. Puede que sir Edward no fuese el caballero que tú y yo suponíamos –añadió Jonathan–. ¿Has podido averiguar algo sobre su precipitada marcha hacia América?

–Muy poca cosa. Pero tienes razón, todo fue muy deprisa. No sé lo que le ocurrió, pero el mismo artículo explica que, aquella misma noche, unos individuos saquearon su casa de Londres. La policía los habría ahuyentado antes de que le pegaran fuego. En cuanto a él, nunca se le volvió a ver.

La víspera, Peter había visitado los archivos del puerto viejo de Boston y había consultado las listas de los pasajeros que emigraron de Inglaterra en aquella época. Un bergantín procedente de Manchester había hecho escala en Londres antes de atravesar el Atlántico. Había atracado en una fecha que concordaba con los días en que sir Edward habría podido estar a bordo.

–Desgraciadamente para nosotros –prosiguió Peter–,

no había ningún Langton en aquel navío, lo comprobé tres veces. Sin embargo, encontré algo divertido: otra familia que se bajó de ese barco se inscribió en los registros de inmigración de la ciudad con el nombre de Walton.

–¿Qué tiene eso de divertido? –dijo Jonathan mientras garabateaba en una hoja de papel.

–¡Nada! Ya se lo contarás tú mismo, siempre es emocionante encontrar una pista de los propios orígenes o de unos parientes lejanos. ¡Con una letra de diferencia, Walton es el apellido de soltera de Anna, tu futura esposa!

El lápiz negro se quebró entre los dedos de Jonathan. Se hizo un largo silencio. Peter lo llamó varias veces desde el otro extremo de la línea y apretó compulsivamente el conmutador, pero Jonathan no respondió. Mientras colgaba el auricular del teléfono, se preguntó cómo Jonathan podía afirmar que el cuadro había sido envuelto en una manta.

Jonathan y Clara dejaron Londres a primera hora de la tarde. Peter les había conseguido una cita para el fin de esa misma jornada con su contacto en París. Puesto que la tela no estaba autentificada, las compañías de seguros no podían exigir que viajara con protección. De todas formas, el poco tiempo del que disponían tampoco lo permitía. Clara lo había envuelto con una manta y lo había protegido dentro de una funda de cuero.

Un taxi los dejó en el aeropuerto de London City. Cerrando la marcha en las escaleras mecánicas que los conducían al primer piso de la terminal, Jonathan se deleitó con la silueta de Clara. Mientras esperaban a que saliera su vuelo, tomaron asiento en el café que dominaba la pista. Pegados al cristal, podían ver los pequeños aviones comerciales que se sucedían a intervalos regulares. Jonathan fue al bar a buscar un refresco para Clara. Con los codos apoyados en la barra, pensó un momento en Peter, luego en Vladímir y por fin se interrogó a sí mismo sobre lo que realmente le guiaba en aquella aventura. Volvió a sentarse a la mesa y miró a Clara.

–Tengo dos preguntas que hacerte –dijo–. Aunque nada te obliga a responder.

–¡Empieza por la primera! –dijo ella mientras se llevaba el vaso a los labios.

–¿Cómo llegaron a ti esos cuadros?

–Estaban colgados en las paredes cuando mi abuela compró la finca, pero en cuanto a *La joven del vestido rojo*, fui yo quien lo encontró.

Y Clara pasó a relatarle las circunstancias en las que hizo tal descubrimiento. Hacía algunos años, había decidido arreglar el desván de la casa. Como el edificio estaba protegido, tuvo que esperar bastante tiempo hasta obtener una autorización administrativa antes de efectuar los trabajos. Cuando éstos fueron rechazados, Clara decidió abandonar el proyecto. Sin embargo, el ruido del viejo pavimento, que crujía por las noches, la tenía obsesionada. El señor Wallace, un carpintero de la zona que tenía a Clara en gran estima, había aceptado desmontarlo a escondidas, reemplazar las guías del parqué y volver a colocar los listones originales. Cuando el polvo hubiera tomado otra vez posesión de sus dominios, ni siquiera el inspector de monumentos históricos lo advertiría. Un día, el carpintero fue a buscarla, tenía que enseñarle algo. Clara lo siguió por debajo de la techumbre. Acababa de encontrar, escondida entre dos guías, una caja de madera de un metro de ancho y de la misma longitud. La sacaron de su escondite y la colocaron sobre un caballete. Protegida por una manta gris, *La joven del vestido rojo* resurgió del pasado y Clara identificó a su autor inmediatamente.

El sonido de un altavoz interrumpió su relato; se acababa de iniciar el proceso de embarque. Una pareja se besaba ante el puesto de control; la mujer iba a viajar sola. Cuando pasó al otro lado del control de seguridad, el hombre sacudió la mano con ternura. La mujer desapareció en la curva del pasillo y la mano permaneció unos segundos suspendida en el aire. Jonathan observó al hombre dirigirse otra vez a las escaleras mecánicas, con los hombros encorvados. Pensativo, atrapó a Clara, que caminaba hacia la puerta número cinco.

El City Jet de Air France aterrizó en París al cabo de cuarenta y cinco minutos. Los documentos de la galería les permitieron cruzar la aduana francesa sin problemas. Jonathan había reservado dos habitaciones en un establecimiento hotelero al final de la Avenue Bugeaud. Dejaron allí sus equipajes, confiaron el cuadro a la caja fuerte del hotel y esperaron a que cayera la noche. Sylvie Leroy, una eminente colaboradora del Laboratorio de Investigación de los Museos de Francia, se reunió con ellos en el bar del hotel a última hora de la tarde. Se habían sentado detrás de una mesa discreta, bajo una pequeña escalera de madera cuyos escalones subían en espiral hasta un pasillo flanqueado por una biblioteca. Sylvie Leroy los escuchó atentamente y luego los acompañó al pequeño salón que separaba las dos habitaciones de su suite. Clara abrió la cremallera de la funda de cuero, sacó la tela de la manta y la expuso sobre el alféizar de la ventana.

–Es magnífica –murmuró la joven científica en un inglés perfecto.

Después de estudiar largamente el cuadro, se sentó en un sillón, resignada.

–Es una lástima, pero no puedo hacer nada por ustedes, lo siento. Ya se lo expliqué ayer a Peter por teléfono: los laboratorios del Louvre sólo investigan obras que interesan a los museos nacionales; nunca trabajamos para clientes particulares. Sin la petición expresa de un conservador, no puedo poner nuestros equipos a su disposición.

–Lo comprendo –dijo Jonathan.

–Pues yo no –replicó Clara–. Hemos venido desde Londres, apenas nos quedan dos semanas para demostrar que este cuadro es auténtico, y usted dispone de todos los medios necesarios para ello.

–Estamos totalmente al margen de los problemas del mercado del arte, señorita –replicó Sylvie Leroy.

–Pero se trata de arte, no del mercado –dijo Clara enérgicamente–. ¡Estamos luchando para que la obra cumbre de un pintor le sea atribuida, no para que este cuadro bata un récord en las salas de subastas!

Sylvie Leroy carraspeó y sonrió.

–No estoy muy segura de ello. ¡Es Peter quien les ha enviado a verme!

–Clara le dice la verdad. Yo soy especialista, no marchante –continuó Jonathan.

–Sé quién es usted, señor Gardner, su reputación le precede. Me interesa mucho su trabajo, en ocasiones me ha resultado muy útil. Incluso asistí a una de sus conferencias en Miami. Fue allí donde conocí y compartí una cena tardía con su amigo Peter, aunque no tuve la suerte de conocerle a usted, puesto que ya se había marchado.

Sylvie Leroy se levantó y le estrechó la mano a Clara.

–Me alegro mucho de haberle conocido –le dijo a Jonathan mientras abandonaba el pequeño salón.

–¿Qué hacemos ahora? –preguntó Clara cuando se cerró la puerta.

–Puesto que necesito material de reproducción por infrarrojos, un equipo de iluminación con luz rasante, un espectrómetro con linterna de plasma y un microscopio electrónico de barrido, creo que dar un paseo por París es lo mejor que podemos hacer, y tengo una ligera idea de adónde podemos ir.

El taxi avanzaba a buena velocidad por los márgenes del río. En el centro del puente del Trocadero, la torre Eiffel centelleaba con mil destellos que se reflejaban en las aguas tranquilas del Sena. Los dorados de la cúpula de los Inválidos resplandecían en la suavidad de aquella noche de verano. El vehículo los dejó a los pies de l'Orangerie. En la plaza de la Concordia, un viejo solitario deambulaba entre las dos fuentes. El agua caía profusamente en inmensos chorros que brotaban de las bocas de las estatuas. Caminaron en silencio por las aceras. Mientras recorrían el jardín de las Tullerías, mirando las hileras de árboles que se extendían a su izquierda, Jonathan se acordó de los jardines Boboli.

–Cuando estemos en Boston, ¿iremos a pasear por la orilla del río Charles? –preguntó Clara.

–Te lo prometo –respondió Jonathan.

Pasaron por delante de la puerta de los Leones. Bajo sus pasos, en el subsuelo del patio del Louvre, se encontraban los Laboratorios de Investigación y Restauración de los Museos de Francia.

Sylvie Leroy se disponía a desaparecer por la boca del metro cuando sonó su móvil. Se detuvo en lo alto de la escalera y buscó en su bolso. Cuando descolgó, la voz de

Peter le preguntó qué estaba haciendo sin él en la ciudad más romántica del mundo.

Anna, delante del caballete, daba los últimos retoques a un cuadro. Retrocedió para admirar la precisión de su trabajo. Una serie de pequeños pitidos resonaron en el cuarto. Dejó el pincel en un vaso de terracota y fue a sentarse detrás del escritorio que estaba junto a una de las ventanas del fondo del taller. Se instaló ante su ordenador, tecleó su código personal e insertó una tarjeta numérica en un lector magnético; al momento, aparecieron en su pantalla una serie de imágenes. Una primera fotografía, tomada en la calle, mostraba a Jonathan y Clara, uno al lado del otro, contemplando un cuadro en una galería de Albermarle Street. En la segunda, la débil luz de las farolas dotaba a la pequeña calle desierta de un color anaranjado, pero la forma en que se miraban no dejaba lugar a dudas. En la tercera, Jonathan y Clara estaban paseando por los jardines de una finca inglesa. Otra foto los sorprendía a los dos sentados detrás del cristal de un café, y luego cara a cara bajo el toldo del hotel Dorchester. En una sexta fotografía se veía a Jonathan, con los codos apoyados en la barra del bar de un aeropuerto, mientras Clara esperaba sentada a una mesa junto al cristal desde el que se veía la pista. La imagen era tan precisa que hasta se podía distinguir el logotipo del avión que acababa de aterrizar. Un pequeño sobre parpadeó en el extremo inferior de la pantalla. Anna descargó el documento adjunto al correo electrónico que acababa de recibir y una nueva serie de fotos digitales se añadió automáticamente a las anteriores en su ordenador. Anna las estudió. En París, al final de la Avenue Bugeaud, Clara y Jonathan bajaban las escaleras de un hotel. La última imagen los mostraba subiéndose a un taxi, el documento era de las 21.12 horas. Anna descolgó el teléfono y marcó un número urbano. La voz que descolgó dijo enseguida:

–Son perfectas, ¿verdad?

–Sí –gruñó Anna–, las cosas empiezan a tomar forma.

–No peques de optimista. Me temo que las cosas, como tú dices, no avanzan a la velocidad deseada. ¿No te he dicho siempre que este tipo es de una lentitud asombrosa?

–¡Alice! –exclamó Anna.

–Es mi opinión y la comparto, simplemente –repuso la voz al otro extremo del hilo telefónico–. Y eso no quita que nos queden tres semanas para lograrlo, es preciso que no abandonen. Es un poco arriesgado, pero creo que van a necesitar un empujoncito.

–¿Qué piensas hacer? –preguntó Anna.

–Tengo ciertos contactos muy bien situados en Francia, no hace falta que sepas nada más. ¿Comemos mañana de todas formas?

–Sí –respondió Anna, antes de colgar.

La mano de su interlocutora también colgó el auricular del teléfono. Un diamante brillaba en su dedo.

Clara y Jonathan atravesaron el puente de las Artes. La luna creciente pendía de lo alto del cielo.

–¿Estás preocupado? –preguntó ella.

–No veo el modo de poder autentificar el cuadro a tiempo.

–Pero ¿crees realmente que es suyo?

–¡Estoy seguro!

–¿Y tu convicción no será suficiente?

–Los socios de Peter necesitan garantías, también ellos se juegan mucho. Si la autenticidad de la tela se pusiera en duda después de la venta, ellos serían los responsables directos ante el comprador y tendrían que reembolsarle el dinero. Y estamos hablando de millones de dólares. Debo encontrar pruebas tangibles. Es necesario que pueda hacer los exámenes precisos.

–¿Cómo piensas hacerlo, si no tenemos acceso a los laboratorios del Louvre?

–No tengo ni idea. Yo suelo trabajar con laboratorios privados, pero están desbordados, hay que reservar sus equipos con un mes de antelación.

Jonathan odiaba verse dominado por el pesimismo. Su misión se había vuelto esencial. Si certificaba la obra, sacaría a Peter de una situación profesional delicada y por fin consagraría a Vladímir Radskin. Más aún, tal vez acabaría comprendiendo algo sobre el extraño fenómeno que le impedía tomar a Clara entre sus brazos sin que el mundo se tambaleara a su alrededor. Su mano se acercó lentamente al rostro de Clara y la acarició sin tocarla.

–Si supieras cuánto me gustaría –le dijo.

Clara retrocedió y dio la vuelta para contemplar el río, apoyándose en la baranda. La brisa levantaba sus cabellos.

–A mí también –murmuró ella mientras miraba cómo fluía el Sena.

El timbre del teléfono móvil de Jonathan empezó a sonar. Reconoció la voz de Sylvie Leroy.

–No sé cómo lo ha hecho, señor Gardner, tiene usted unos contactos muy eficaces. Les espero mañana por la mañana en el laboratorio. La entrada está detrás de la puerta de los Leones, en el patio del Louvre. Esté allí a las siete –añadió antes de cortar la comunicación.

Definitivamente, Peter tenía unos recursos excepcionales, pensó Jonathan mientras dejaba el restaurante.

A esa hora de la mañana, el Laboratorio de Investigación de los Museos de Francia todavía estaba cerrado. Jonathan y Clara bajaron las escaleras que conducían a la subestructura de un flanco del Louvre. Sylvie Leroy los esperaba detrás del cristal blindado del laboratorio. Pasó su credencial por un lector y la puerta se abrió de inmediato. Jonathan le estrechó la mano y ella les pidió que la siguieran.

El lugar era de una modernidad prodigiosa. Largos puentes metálicos estaban suspendidos sobre inmensas salas donde los investigadores, técnicos y restauradores se preparaban para la jornada. Ciento sesenta personas trabajaban en los diferentes programas de la organización. Los inventores de las tecnologías más modernas en la materia, investigadores del C2RMF, guardianes de gran parte de la memoria de las civilizaciones, dedicaban su vida a analizar, identificar, restaurar, proteger e inventariar las obras más importantes del patrimonio.

De no ser por la discreción que los caracterizaba, los equipos del Laboratorio de Investigación de los Museos de Francia se habrían podido enorgullecer de la multiplicidad de sus competencias. Los bancos de datos que los investigadores habían constituido a lo largo de los años eran reconocidos y utilizados en todo el mundo. Varios servicios europeos y nacionales colaboraban con ellos. François Hébrard, jefe de la sección «Pinturas de caballete», los esperaba al final del pasillo. También él presentó su credencial al lector magnético y la pesada puerta automática del centro de análisis desapareció lentamente.

Clara y Jonathan penetraron en uno de los laboratorios más secretos del mundo. Había amplias salas repartidas a lo largo de un pasillo; en el centro, un ascensor de acero y cristal daba acceso a los despachos del piso superior. Una multitud de pantallas difundía su halo verde y luminoso a través de paredes acristaladas. Jonathan y Clara entraron en una sala de una altura impresionante. Un gigantesco aparato fotográfico con fuelle se deslizaba sobre unos raíles. El equipo instaló el cuadro sobre un caballete y se concentró en el estudio de la pintura de Vladímir Radskin. Más allá de los medios técnicos de que disponían, los investigadores nunca perdían de vista el respeto y la comprensión de la integridad física de una obra. El técnico encargado de tomar las imágenes ajustó una serie de franjas luminosas alrededor de la tela. *La joven del vestido rojo* fue fotografiada con luz directa, luego con luz ultravioleta y finalmente con luz infrarroja.

Esas tomas especiales permitirían ver la existencia de un dibujo subyacente, de arrepentimientos eventuales del autor o de las restauraciones efectuadas en el transcurso de los años. La espectrometría infrarroja no ofreció resultados satisfactorios. Para penetrar en los secretos del cuadro, primero había que intentar disociar sus elementos. Al terminar la mañana se habían efectuado numerosas microextracciones, y las diversas muestras, que no eran mayores que la cabeza de un alfiler, fueron sometidas a un análisis de cromatografía de gases. Aquella máquina inteligente permitía aislar las múltiples moléculas de las que se componía la pintura. Una vez obtenidos los primeros resultados, François Hébrard los introdujo en una de las terminales de la red informática. Unos minutos después, la impresora se puso a traquetear y ante sus ojos apareció una impresionante cantidad de líneas y de gráficos. Un investigador inició de inmediato las comparaciones, preparando así su propia base de referencia. La fiebre se iba apoderando poco a poco del laboratorio. Al otro lado de la tela, *La joven del vestido rojo*, cuyo rostro no veía nadie, debía de estar sonriendo por el efecto que causaba. Desde el momento en que ella había entrado allí, el equipo de investigadores no dejaba de aumentar.

El artefacto más extraño al que fue sometido el cuadro iba a permitir medir sus colores. El gonio-espectro-foto-colorímetro se parecía mucho a un viejo proyector de cine, y sin embargo no dejaba de ser un aparato altamente perfeccionado que obtuvo sus resultados en apenas un minuto. François Hébrard los recogió, los leyó dos veces y entregó la hoja a Sylvie Leroy. Los dos se miraron intrigados, y Sylvie le murmuró algunas palabras al oído. Hébrard pareció dubitativo, luego se encogió de hombros, descolgó un teléfono de pared y marcó un número de cuatro cifras.

–¿AGLAE está operativa? –preguntó con voz segura.

Esperó la respuesta y colgó satisfecho. Luego tiró a Jonathan del brazo. Después de cruzar otra puerta con dispositivo de seguridad, penetraron en un complejo extraordinario. En la entrada, un pasillo de hormigón formaba un laberinto.

–Es una forma de protegerse de los átomos –murmuró Hébrard–. ¡No son lo bastante astutos para encontrar la salida!

Al final de aquel sinuoso pasillo llegaron a una estancia inmensa donde se encontraba el acelerador de partículas. Docenas de tubos se entremezclaban siguiendo una lógica que sólo algunos sabios y técnicos podían apreciar. El Acelerador Gran Louvre de Análisis Elemental, la joya de la corona de aquel vasto complejo, era la única instalación de su género dedicada enteramente al estudio del patrimonio cultural. Una vez colocadas las pruebas en su sitio, Jonathan y Clara se instalaron en una estancia adyacente, sentados ante terminales informáticos que recogían el avance de los análisis que AGLAE efectuaba sobre *La joven del vestido rojo*.

El día tocaba a su fin. Sentado en su despacho, François Hébrard consultó la carpeta que tenía en las manos. Jonathan y Clara estaban frente a él, tan excitados como unos padres esperando el diagnóstico del pediatra. Los resultados eran sorprendentes. Las materias naturales que utilizaba Vladímir eran sumamente variadas: aceites, ceras, resinas y pigmentos cuya constitución química era de una complejidad increíble. Llegados a ese punto de los análisis, los técnicos del Louvre no podían determinar con absoluta seguridad la composición del pigmento rojo que teñía el vestido de la joven. La viveza del color era sorprendente. Oponiéndose a toda lógica, el cuadro, que no había sido objeto de ninguna restauración, parecía haber escapado a las alteraciones del tiempo.

–No sé qué decirles –concluyó Hébrard–. Si no estuviéramos todos impresionados por los múltiples aspectos de la técnica de Radskin, diríamos que este cuadro es la obra de un gran químico.

Hébrard no había visto nada igual en toda su carrera.

–En la tela hay un barniz de una composición que desconocemos y, sobre todo, que no comprendemos –añadió Hébrard.

La joven del vestido rojo contradecía todas las reglas del envejecimiento. Uno no podía darse por satisfecho con las peculiares condiciones de su conservación para resolver el enigma que planteaba a todos los investigadores del centro. ¿Qué había hecho Vladímir para que el tiempo embelleciera su obra en lugar de alterarla?, se preguntaba Jonathan al salir de allí.

–Sólo conozco una alquimia capaz de dotar a la edad de belleza –dijo Clara mientras subían las escaleras–: ¡la del amor!

Decidieron acortar su estancia en París y tuvieron el tiempo justo para pasar por el hotel a recoger sus cosas. De camino al aeropuerto, Jonathan llamó a Peter para hacerle un resumen de la jornada. Cuando lo felicitó por haber conseguido una cita imposible con el equipo del Louvre, Peter pareció sorprendido.

–Te juro por tercera y última vez que he dormido toda la noche con mi amor propio bajo la almohada. ¡Sylvie Leroy me mandó al cuerno ayer por la noche, cuando la llamé por teléfono!

Y colgó.

El avión que devolvió a Jonathan y a Clara a Londres tomó tierra en el pequeño aeropuerto de London City al caer la noche.

8

La joven del vestido rojo descansaba envuelta en su manta gris, dentro del taxi que se dirigía al centro de la ciudad. Jonathan dejó a Clara en Notting Hill, en Westbourne Grove.

–Sube –dijo ella–. No irás a cenar solo, en tu hotel.

Subieron los escalones, pero se quedaron petrificados en el rellano de Clara, justo delante de la puerta destrozada de su apartamento. Jonathan le ordenó que volviera a bajar a la calle hasta que él hubiera comprobado que su seguridad no estaba amenazada y fuese a buscarla, pero tal como esperaba, ella entró primero. El salón estaba intacto y no habían tocado nada en el dormitorio.

Poco después se sentaron en la cocina, mientras la policía se ponía en marcha. Los inspectores no encontraron ninguna huella. No habían robado nada. El comisario llegó a la conclusión de que los ladrones debieron de encontrar algún obstáculo incluso antes de entrar en el apartamento. Clara afirmaba lo contrario, pues algunos objetos no estaban en su sitio. Señaló la lámpara de la mesita de noche, desplazada unos centímetros, y la pantalla de otra que estaba más inclinada de lo habitual. Los policías rellenaron un formulario y se fueron.

–¿Estarías más tranquila si me quedara hasta mañana

por la mañana? –preguntó Jonathan–. Dormiré en el sofá del salón.

–No, cogeré algunas cosas y me iré a la finca.

–No me gusta que cojas el coche ahora; está lloviendo, la noche es pésima.

–Conozco el camino de memoria, no te preocupes.

Sin embargo, Jonathan estaría inquieto hasta que ella llegara. La idea de que estuviera allí sola tampoco le gustaba, y se lo dijo con firmeza. Clara lo vio refunfuñar y se le iluminó la cara.

–Tienes las manos detrás de la espalda, tus ojos están aún más entornados de lo habitual y se te ha puesto esa cara de niño de cinco años, así que creo que no te queda otra opción, ¡vienes conmigo!

Clara se dirigió a su habitación, abrió el cajón de su cómoda e, intrigada, apartó una montaña de jerséis.

–Esos tíos están realmente enfermos –le gritó a Jonathan, que la esperaba en la entrada.

Éste asomó la cabeza por la puerta.

–¡Me han robado los resultados!

–¿Qué resultados? –preguntó Jonathan.

–Los de un análisis de sangre que me hice la semana pasada. ¡No veo de qué les podría servir!

–¡A lo mejor tienes un club de fans!

–Sí, seguramente. ¡Esos tíos son unos perturbados, nada más!

Jonathan hizo un apaño con la cerradura para que la puerta se cerrara fuera como fuese. Luego bajaron a la calle, llevándose con ellos *La joven del vestido rojo*. Cuando llegaron a la acera, Jonathan se detuvo y se dirigió a Clara.

–¡Temo que no quepamos los tres en tu Austin!

Clara no respondió y lo arrastró a la parte de atrás del edificio. En el callejón de adoquines pulidos, los antiguos establos habían sido transformados en preciosas residencias de fachadas floreadas. Clara alzó la puerta de un garaje y accionó el botón de un pequeño mando que tenía en el bolsillo. Las luces de un Land Rover parpadearon al fondo de la cochera.

–¿Te ayudo a meterlo en el maletero? –preguntó ella mientras abría la puerta trasera del 4 × 4.

Jonathan no se había equivocado: acababan de dejar la autopista cuando comenzó a caer una lluvia torrencial. La carretera brillaba bajo las ruedas del todoterreno y los limpiaparabrisas a duras penas achicaban el agua del cristal. La taberna que había después de la bifurcación se perdía en la noche cerrada, y profundos regueros se hundían a lo largo del caminito que se adentraba en el sotobosque. La calzada se volvía progresivamente inestable y el vehículo se tambaleaba al patinar sobre el barro. Jonathan se agarró al asidero que había encima de su ventanilla. Clara sujetaba firmemente el volante, luchando contra el viento que empujaba el coche hacia el arcén. El silbido de las ráfagas de viento llegaba al interior del vehículo. Por fin, los troncos de los altos árboles se hicieron visibles bajo la luz de los faros. La verja de la finca estaba abierta.

–Voy a aparcar en el patio –dijo Clara en voz alta–. Abriré la puerta de la cocina y tú entrarás corriendo con el cuadro.

–Dame la llave –respondió Jonathan.

–No –insistió Clara–, la cerradura es difícil de abrir si no estás acostumbrado, confía en mí.

La gravilla crujió y Clara detuvo el Land Rover. Casi tuvo que batallar para abrir la puerta y salir precipitadamente al exterior. Después de abrir la puerta de entrada, se volvió hacia Jonathan y le hizo una señal para que la siguiera.

Jonathan salió del vehículo y se dirigió al maletero.

–¡Vamos, vamos, date prisa! –le gritó Clara desde el umbral de la puerta de la casa.

Su sangre se heló al instante. Asomado al interior del habitáculo, vio su propia mano que cogía la tela envuelta en su manta gris, y cuando Clara gritó de nuevo en mitad de la noche: «Vamos, vamos, date prisa», reconoció la voz que aparecía en sus episodios de vértigo. Apoyó el cuadro contra el asiento, volvió a cerrar el maletero y avanzó lentamente a la luz de los faros. Clara lo miró sorprendida mientras la lluvia chorreaba por sus mejillas. Por la expresión de su rostro, ella comprendió lo evidente y corrió a su encuentro.

–¿Crees que es posible amarse hasta el punto de que la muerte no pueda borrar la memoria? ¿Crees que un sentimiento es capaz de sobrevivirnos y de devolvernos la vida? ¿Crees que el tiempo puede reunir eternamente a aquellos que se han amado lo suficiente como para no haber desperdiciado sus vidas? ¿Lo crees, Clara?

–Creo que estoy enamorada de ti –respondió ella, apoyando la cabeza sobre su hombro.

Jonathan la cogió entre sus brazos y Clara susurró en su oído:

–Incluso entre la sombra y la luz.

Se besaron, tan sinceros en su eternidad como si fuese el primer día que se amaban. El álamo se inclinó bajo el viento, los postigos de la casa se abrieron uno tras otro y, a su alrededor, todo comenzó a cambiar de nuevo. Desde la ventana de la buhardilla, la sombra de Vladímir sonrió.

De repente, los cueros de los libros desperdigados sobre la mesa de la biblioteca ya no estaban agrietados. La madera de cerezo de la caja de la escalera brilló bajo la luz que irradiaba la luna a través de las vidrieras del salón. Arriba, en el dormitorio de Clara, las tapicerías habían recuperado sus colores originales. Su falda resbaló por sus piernas, se aproximó a Jonathan y se abrazó a él. Se amaron hasta que llegó la mañana.

El día entraba en la habitación. Clara se acurrucó bajo la manta que Jonathan le había subido hasta los hombros. Extendió el brazo y lo buscó a tientas, se desperezó y abrió los ojos. El sitio que había ocupado Jonathan estaba vacío. Se incorporó bruscamente. La casa había recuperado sus tonos habituales. Clara abandonó las sábanas, desnuda ante el día que nacía. Se aproximó a la ventana y miró el patio a sus pies. Cuando Jonathan le hizo una pequeña seña con la mano, ella se echó a un lado para enrollarse en la cortina.

Jonathan sonrió, dio media vuelta y volvió a entrar en la cocina. Clara se reunió con él, ataviada con una bata. Había estado muy ocupado con los fogones: la estancia olía a pan recién horneado. Con ayuda de una cucharita, hizo caer la espuma de la leche caliente sobre el café, la espolvoreó con chocolate y puso la taza humeante delante de Clara.

–¡Capuchino sin azúcar!

Aturdida por el sueño, Clara metió la punta de la nariz en el bol y se bebió el café.

–¿Me has visto en la ventana? –preguntó con un hilo de voz.

–En absoluto –respondió Jonathan mientras se peleaba con una rebanada de pan atrapada en la tostadora–. Además, no me habría permitido mirarte, en el presente no ha ocurrido nada entre nosotros.

–No tiene gracia –refunfuñó ella.

Jonathan sintió deseos de poner las manos sobre sus hombros, pero se contuvo.

–No, no la tiene, pero tendremos que acabar por comprender lo que nos ocurre.

–¿Conoces a un buen especialista? No quiero ser pesimista, pero me temo que el médico del pueblo dispondrá nuestro ingreso en un manicomio si le describimos los síntomas.

Jonathan lanzó al fregadero la tostada carbonizada, que ardía entre sus dedos.

–Tienes las manos en la espalda, y aunque no te veo la cara apostaría a que tus ojos están entornados; ¿qué estás pensando? –quiso saber Clara.

–Durante una conferencia me crucé con una mujer que tal vez podría ayudarnos.

–¿Qué clase de mujer? –le preguntó.

–Una profesora que da clases en la Universidad de Yale, tal vez pueda seguirle la pista. El viernes por la mañana presentaré mi informe a los socios de Christie's y me marcharé esa misma noche.

–¿Vas a volver a Estados Unidos?

Jonathan dio la vuelta y Clara lo abandonó a su silencio. Había algunos asuntos que arreglar en su vida que sólo le incumbían a él. Para vivir el uno para el otro, era necesario separarse de nuevo.

Jonathan pasó el resto de la mañana junto a *La joven del vestido rojo*. A mediodía regresó a Londres y se encerró en la habitación de su hotel para redactar las conclusiones de su informe.

Clara se había reunido con él al caer la noche. Cuando se disponía a enviarle un correo electrónico a Peter, ella le preguntó solemnemente si estaba seguro de lo que hacía. El análisis de los pigmentos no había permitido establecer una comparación definitiva, ni tampoco las pruebas realizadas en los laboratorios del Louvre habían proporcionado resultados irrefutables. Pero Jonathan, que había consagrado su vida a estudiar la obra de Vladímir Radskin, había identificado la técnica aplicada al cuadro, el trazo del pincel y el tejido de la tela que servía como soporte. Ahora le bastaba su convicción para asumir plenamente el riesgo que se disponía a correr. A pesar de la ausencia de una prueba formal, muy pronto comprometería ante sus colegas su reputación de especialista. El viernes por la mañana, remitiría a los socios de Peter el certificado de autenticidad de *La joven del vestido rojo*, debidamente firmado de su puño y letra. Miró a Clara y pulsó un botón de su teclado. Menos de cinco segundos después, un pequeño sobre parpadeó en la pantalla de Peter, así como en las de todos los miembros directivos de Christie's.

La noche siguiente, Clara dejó a Jonathan en la puerta de la terminal cuarta del aeropuerto. Él había preferido que no le acompañara hasta el control de seguridad. Se dijeron adiós con profunda tristeza.

Mientras el coche de Clara avanzaba por una carretera de la campiña inglesa, un avión dibujaba una larga línea blanca en el cielo. Aquella noche, los rotativos de las imprentas estampaban en las columnas del *New York Times*, del *Boston Globe* y de *Le Figaro* lo siguiente:

ACABA DE AUTENTIFICARSE LA ÚLTIMA OBRA DE UN GRAN PINTOR RUSO

Desaparecida desde hace casi ciento cuarenta años, la tela más importante del pintor Vladímir Radskin resurge de la oscuridad. Autentificada por el famoso especialista Jonathan Gardner, esta pintura tiene que ser el broche de oro de la prestigiosa venta que organiza Christie's el próximo 21 de junio en Boston, bajo el martillo de Peter Gwel.

Un artículo parecido redactado por el crítico de arte del *Corriere della Sera* fue reproducido íntegramente en las primeras páginas de tres revistas internacionales de arte. Las redacciones de seis canales de televisión europeos y dos emisoras norteamericanas decidieron desplazar sus equipos al lugar.

Jonathan llegó a Boston al terminar la tarde. Cuando encendió su teléfono móvil, éste ya estaba saturado de mensajes. Después de que el taxi lo dejara en el puerto viejo, se instaló en la terraza del café donde tantos recuerdos había compartido con Peter y lo llamó.

–¿Estás seguro de lo que haces? ¿No es un disparate? –le preguntó su mejor amigo.

Jonathan apretó el teléfono contra su oído.

–Peter, si pudieras comprender lo que me ocurre...

–Creo que me pides demasiado. Comprender tus sentimientos es una cosa. ¡Pero comprender la historia rocambolesca que me acabas de contar es muy distinto! Ni siquiera quiero escucharla, y vas a hacerme el favor de no explicárselo a nadie, sobre todo a Anna. Si podemos evitar que se pasee por toda la ciudad diciendo que estás chiflado y que hay que encerrarte será mucho mejor, sobre todo teniendo en cuenta que faltan tres semanas para la venta.

–Me importa un pimiento esa venta, Peter.

–Lo que yo decía: ¡estás fatal! Quiero que te hagas pruebas, puede que se te haya roto un aneurisma en algún lugar del cerebro. ¡Esas cosas avanzan muy deprisa!

–¡Peter, deja de decir gilipolleces! –dijo Jonathan, enfurecido.

Se hizo un corto silencio y Peter pidió disculpas.

–Lo siento.

–No tanto como yo, la boda es dentro de dos semanas. Ni siquiera sé qué voy a decirle a Anna.

–¡Pero tienes que hacerlo de todos modos! Nunca es demasiado tarde, no te cases contra tu voluntad sólo porque ya se han enviado las invitaciones. ¡Si amas a esa inglesa, como dices, entonces sé valiente y reacciona! Sé que tienes la impresión de estar con la mierda hasta el cuello, pero si supieras cuánto te envidio... Si supieras cuánto me gustaría poder amar de ese modo... No desperdicies ese don. Voy a acortar mi viaje y volveré mañana de Nueva York para estar contigo. Quedamos en el café a mediodía.

Jonathan se paseó por el muelle. Echaba terriblemente de menos a Clara y en pocos instantes regresaría a su casa para decirle la verdad a Anna.

Cuando llegó, toda la casa estaba a oscuras. Llamó a Anna pero nadie respondió. Subió a su taller y allí encontró una serie de fotos esparcidas sobre la mesa del despacho. En una de ellas, Clara y él se miraban en un rincón del aeropuerto. Jonathan hundió la cabeza entre las manos y se sentó en el sillón de Anna.

9

Ella no volvió hasta la mañana siguiente. Jonathan se había dormido en el sofá del salón de la planta baja de la casa y Anna fue directamente a la cocina sin dirigirle la palabra. Echó agua en la cafetera, puso el café en el filtro y apretó el botón. Dejó dos tazas en la encimera, cogió el paquete de tostadas del frigorífico y sacó dos platos del armario de encima del fregadero, todo ello sin pronunciar palabra. Puso un cuchillo sobre la mantequillera de vidrio. Sólo se oía el ruido de sus pasos sobre las baldosas del suelo. Abrió otra vez el refrigerador y dijo:

–¿Sigues tomando confitura de fresas para desayunar?

Jonathan quiso acercarse, pero ella lo amenazó con el cuchillo de la mantequilla. Jonathan se quedó mirando el filo de dos centímetros de punta redonda, y ella se lo lanzó a la cara.

–Basta, Anna, tenemos que hablar.

–¡No! –gritó ella–. ¡No hay nada que decir!

–Anna, ¿hubieras preferido que nos diéramos cuenta de nuestro error dentro de seis meses o de un año?

–¡Cállate, Jonathan, cállate!

–Anna, hace meses que llevamos adelante la farsa de este matrimonio, y me he implicado cuanto he podido porque quería que nos amáramos, lo deseaba sinceramente. Pero no se les puede mentir a los propios sentimientos.

–Pero sí se le puede mentir a la mujer con la que uno va a casarse, ¿no es así?

–He venido para decirte la verdad.

–¿Y en qué momento de esa verdad has encontrado el valor para enfrentarte a mí?

–Ayer, cuando lo vi claro del todo. Te llamé desde Londres cada noche, Anna.

Ella cogió nerviosamente su bolso, lo abrió y sacó una cartera con otras fotos que se puso a lanzar una tras otra a la cara de Jonathan.

–Ahí estás en la terraza de un café de Florencia; aquí, en un taxi en la plaza de la Concordia; ahí en una horrible finca inglesa, y en ésta en un restaurante de Londres... ¿Hiciste todo eso en un solo día? ¿Todas estas mentiras tuvieron lugar anteayer?

Jonathan miró la foto de Clara que había caído a sus pies. Su corazón se cerró un poco más.

–¿Desde cuándo haces que me sigan?

–¡Desde que me enviaste un fax en el que me llamabas Clara! ¿Debo suponer que es su nombre?

Jonathan no respondió y Anna gritó con renovado vigor:

–¿Se llama así, Clara? ¡Dilo, quiero oír cómo pronuncias el nombre de la mujer que quiere destrozarme la vida! ¿No te atreves a hacerlo, Jonathan?

–Anna, no es Clara la que ha roto nuestra relación, lo hemos hecho nosotros solos, sin necesidad de terceros. Últimamente ni siquiera nuestros cuerpos se tocaban.

–¡Estábamos agotados por los preparativos de la boda, Jonathan, no somos animales!

–Anna, tú ya no me quieres.

–¿Y tú? ¿Es que tú me amas con locura?

–Te dejo la casa, yo seré el que se marche.

Ella lo fustigó con la mirada.

–No me vas a dejar nada de nada, porque no saldrás de estas paredes, no te irás de nuestra vida tan fácilmente, Jonathan. Esa boda se va a celebrar. El sábado diecinueve de junio, a mediodía, lo quieras o no, seré oficialmente tu esposa, y lo seguiré siendo hasta que la muerte nos separe.

–Anna, no puedes obligarme a casarme contigo. ¡Lo quieras o no!

–Sí, Jonathan, créeme: sí que puedo.

Anna se sosegó y su mirada cambió súbitamente. Sus manos, que mantenía apretadas contra el pecho, descendieron por su cuerpo y las señales de la cólera se borraron de su rostro una a una. Desplegó el periódico que había sobre la encimera. La foto de Jonathan estaba en primera página al lado de la de Peter.

–¡Parecéis la pareja perfecta! ¿No crees, Jonathan? Pero tengo una pregunta que hacerte. Cuando la prensa se entere de que el especialista que ha autentificado el cuadro que batirá todos los récords de ventas de los últimos diez años no es otro que el amante de la mujer que lo saca a subasta, ¿quién irá primero a la cárcel por estafa? ¿Tú o Clara? ¿Qué opinas, Jonathan?

Éste la miró petrificado. Le pareció que la tierra se abría bajo sus pies. Ella cogió el periódico y comenzó a leer el artículo con un tono irónico:

–«Descubierto por una eminente galerista, este cuadro, cuyo pasado se desconoce, ha sido autentificado por Jonathan Gardner y será puesto a la venta por la célebre casa Christie's bajo el martillo de Peter Gwel...» A tu amigo lo apartarán de su profesión y lo condenarán a dos años de prisión condicional por complicidad. Tú perderás tu precioso título, aunque gracias a mí no te caerán más de cinco años. Mis abogados se asegurarán de convencer al jurado de que tu amante es la principal instigadora de la estafa.

Jonathan ya había oído bastante; giró sobre sus pasos y se dirigió a la puerta.

–Espera, no te vayas –dijo Anna con una risa nerviosa–, deja que te lea unas cuantas líneas más; todas están escritas en tu honor, juzga tú mismo: «Gracias a la autentificación aportada por Jonathan Gardner, el cuadro, valorado en dos millones de dólares, podría subastarse por un precio dos o tres veces mayor...».

Anna lo alcanzó en el vestíbulo y lo retuvo por la manga para obligarle a que la mirara.

–Por una estafa pública de seis millones de dólares, ella se pasará unos diez años entre rejas. Y tengo una mala noticia para vosotros: ¡las cárceles no son mixtas!

Jonathan sintió náuseas. Salió corriendo a la calle y se inclinó sobre una alcantarilla. La mano de Anna se posó sobre su espalda.

–Vomita, querido; vomítala desde el fondo de tus entrañas. Cuando hayas reunido las fuerzas para llamarla y decirle que no volverás a verla, que todo esto no ha sido más que un ridículo pasatiempo y que no la amas, yo estaré allí.

Anna giró sobre sus pasos y volvió a entrar en la casa. Un anciano que paseaba a su perro se acercó a Jonathan, le ayudó a sentarse en el suelo e hizo que se apoyara en la rueda de un coche aparcado.

El labrador, al que no le gustó en absoluto el estado en que se encontraba aquel hombre sentado sobre la acera, le levantó la mano empujándola con el hocico y lo lamió generosamente. El anciano invitó a Jonathan a respirar profundamente en las cuencas de sus manos.

–Es un pequeño ataque de espasmofilia –dijo el señor Skardin con un tono que pretendía ser tranquilizador.

Como le dijo su mujer cuando regresó de su paseo, un médico, aunque esté jubilado, siempre será un médico.

Peter le esperaba desde hacía media hora en la terraza del café donde solían quedar. Cuando vio llegar a Jonathan, su enfado cesó al instante y se levantó para ayudar a su amigo a sentarse.

–¿Qué te pasa? –preguntó con una voz cargada de preocupación.

–¿Qué nos pasa a todos? –repitió Jonathan con la mirada perdida.

Y durante la hora que siguió, le explicó a Peter cómo, en cuestión de pocos días, se estaba tambaleando su vida.

–Ya sé lo que le vas a decir a Anna. ¡Que se vaya a la mierda!

Peter estaba tan furioso que los de la mesa vecina interrumpieron su conversación para escucharles mejor.

–¿Es que no está buena la cerveza? –les preguntó Peter, exasperado.

La familia que estaba sentada al lado de ellos desvió la mirada.

–No sirve de nada ponerse grosero y agresivo, Peter, eso no arreglará las cosas.

–No echarás tu vida por la borda; ni aunque el cuadro valiera diez millones de dólares.

–No se trata de mi vida, sino de la tuya y la de Clara.

–Pues entonces retráctate. Dices que tienes dudas en cuanto a la autenticidad y que se detenga todo.

Jonathan tiró encima de la mesa un ejemplar del *Wall Street Journal,* otro del *Boston Globe* y otro del *Washington Post:* todos ellos publicaban la información.

–Y eso sin contar las publicaciones semanales, que salen esta tarde, ni las mensuales. Es demasiado tarde para dar marcha atrás, ya he firmado y enviado el certificado de autenticidad a tus socios de Londres. Cuando Anna entregue sus fotos a la prensa, estallará el escándalo. Christie's se presentará como acusación civil, los abogados de Anna les echarán una mano y, aun suponiendo que nos libremos de la cárcel, cosa que dudo, tú serás repudiado y yo también. En cuanto a Clara, será su ruina. Nadie más volverá a poner un pie en sus galerías.

–¡Pero somos inocentes, por el amor de Dios!

–Sí, pero eso sólo lo sabemos nosotros tres.

–Te he visto más optimista otras veces –dijo Peter retorciéndose las manos.

–Llamaré a Clara esta noche –suspiró Jonathan.

–¿Para decirle que ya no la quieres?

–Sí, para decirle que ya no la quiero, precisamente porque la quiero. Prefiero dejarla y que sea feliz a arrastrarla conmigo hasta la desgracia. Eso es amor, ¿no?

Peter miró a Jonathan consternado.

–¡Vaya! –dijo, apoyando las manos en la cintura–. Acabas de soltar una perorata romántica capaz de hacer llorar a mi abuela, e incluso tal vez a mí mismo si hubieras continuado un poco más. ¿Es que te has tomado una sobredosis de pudín en Londres?

–¡Mira que eres imbécil, Peter!

–Puede que yo sea imbécil, pero tú has sonreído. ¡Y no trates de engañarme, porque te he visto! Ya lo ves, incluso en la desdicha nos seguiremos divirtiendo, y si tu futura ex mujer cree que nos lo va a impedir, le demostraremos que tenemos nuestros propios recursos.

–¿Se te ha ocurrido alguna idea?

–De momento ninguna, pero confía en mí, ¡ya aparecerá!

Peter y Jonathan se levantaron y se pusieron a caminar, cogidos del brazo, recorriendo las calles del mercado a cielo abierto. Peter dejó a Jonathan a media tarde. Cuando retomó su camino, conectó el teléfono móvil al receptáculo del salpicadero y marcó un número.

–¿Jenkins? Soy Peter Gwel, su inquilino favorito. Le necesito, querido Jenkins. ¿Podría subir a mi apartamento y recogerme algunas cosas como si hiciera su propia maleta? Tiene la llave, ¿verdad?, y también sabe dónde guardo las camisas. Discúlpeme si abuso de nuestra amistad, mi querido Jenkins, pero voy a pedirle que, durante mi ausencia, consiga cierta información para mí. No sé por qué, pero mi instinto me dice que en algún lugar esconde usted el talento de un sabueso. ¡Estaré allí dentro de una hora!

Peter colgó justo antes de que su coche entrase en el túnel.

Cuando dejó la residencia Stapledon al caer la noche, le dejó un largo mensaje a Jonathan en el móvil.

–Soy Peter. ¿Sabes?, debería odiarte por haber comprometido con un beso la subasta más importante de mi vida y por haber arruinado nuestras dos carreras; por no mencionar lo de tu boda, en la que tenía que actuar como testigo. Pero paradójicamente, no es así en absoluto. Estamos en un aprieto increíble y en cambio hacía tiempo que no estaba de tan buen humor. No he dejado de preguntarme por qué, pero creo que ahora lo sé.

Mientras hablaba con el contestador de Jonathan,

Peter buscaba algo en su chaqueta. El papel que le había sustraído a su amigo estaba en el fondo de su bolsillo.

–En Londres –continuó–, cuando os vi a los dos en ese café, comprendí que no era el cuadro lo que te hacía tan feliz. Es tan raro ver miradas como las que vosotros intercambiasteis, que su significado siempre es muy evidente. Así que, querido amigo, cuando hables con Clara esta noche arréglatelas como quieras, pero dale a entender que incluso en las situaciones más desesperadas siempre queda una esperanza. Y si no sabes cómo decírselo, no tienes más que citarme. No podremos vernos hasta mañana, pero te telefonearé y te lo explicaré todo. Todavía no sé cómo, pero lograré sacarnos de ésta.

Luego colgó, carcomido por la duda pero satisfecho.

Jonathan entró en el taller de Anna, que estaba pintando delante del caballete.

–Cedo a tu chantaje, Anna. ¡Tú ganas!

Se volvió con paso decidido por donde había venido. Cuando llegó a la puerta, añadió sin darse la vuelta:

–Yo mismo telefonearé a Clara; puedes robarme mi vida, pero no su dignidad. ¡No hay más que hablar!

Y bajó las escaleras.

Clara colgó despacio. Sola en la ventana de su finca, no veía el álamo que oscilaba al viento. Las lágrimas caían de sus ojos cerrados. Aquella noche la pasó sollozando. En el pequeño despacho, la joven del vestido rojo parecía tener la espalda curvada, como si la tristeza que había invadido la casa penetrara en la tela y se cerniera sobre sus hombros. Dorothy se quedó allí a pasar la noche. El hecho de que la señorita no pudiera ocultar su dolor delante de ella demostraba que la pena era demasiado profunda para vivirla ella sola. A veces, algunas presencias resultan consoladoras, aunque sean silenciosas.

Por la mañana, Dorothy entró en el despacho. Reavivó el fuego de la chimenea y le llevó un té a Clara. Cuando se acercó a ella, dejó la taza en un velador, se puso de rodillas y la abrazó.

–Ya lo verá, para que las cosas de la vida vengan a usted, no tiene que dejar de creer nunca en ellas –murmuró, y Clara se desahogó llorando sobre su hombro hasta bien entrado el día.

Cuando el sol de mediodía se posó sobre ella, Clara abrió los ojos y los volvió a cerrar enseguida. ¿Era la luz o era el claxon que resonaba en el patio lo que la apartaba del sueño? Dejó la manta a un lado y se levantó del sofá. Dorothy entró en la habitación y, como el momento de las confidencias pertenecía al reino de la noche, anunció alto y claro:

–¡La señorita tiene una visita de América!

Peter se paseaba por la cocina donde la señora Blaxton le había rogado que esperase mientras ella comprobaba que la señorita quisiera recibirlo. Siguiendo las instrucciones expresas de Dorothy, Clara subió corriendo a su habitación para arreglarse un poco. En el país de su majestad la reina de Inglaterra, una mujer jamás aparecía con la tristeza visible ante un visitante desconocido, aunque ya se hubiera cruzado con él por la ciudad, insistió Dorothy siguiéndola por las escaleras.

–Entonces, ¿me quiere? –preguntó Clara, sentada frente a Peter en la mesa de la cocina.

–¡Vaya por Dios, sois tal para cual! He pasado la noche en un avión, he conducido durante dos horas a una velocidad de suicida con un coche que tiene el volante en el lado equivocado, acabo de contárselo todo, ¿y aún me pregunta si él la quiere? Pues sí, la quiere, y usted le quiere a él, yo también le quiero y él me quiere a mí; ¡todo el mundo se quiere, y sin embargo todo el mundo está metido en el mismo lío!

–¿El señor se quedará a comer? –preguntó la asistenta mientras entraba en la cocina.

–¿Es usted soltera, Dorothy?

–Mi estado civil no es de su incumbencia, no estamos en América –respondió la señora Blaxton.

–¡Bien, así que es soltera! Tengo que presentarle a una persona formidable. ¡Un americano de Chicago que vive en Boston y que está loco por todo lo que sea inglés!

Jonathan se había quedado solo en casa. Anna había salido a primera hora del día y no volvería hasta bien entrada la noche. Subió al taller para consultar su correo electrónico y encendió el ordenador. Los ficheros de Anna estaban protegidos por un código de acceso, pero podía acceder a internet. Peter no le había mandado ningún mensaje y no sentía ningún deseo de responder a las peticiones de entrevistas que inundaban su buzón. Prefirió bajar a la sala. Cuando apagó la pantalla, su ojo de experto se vio atraído por un pequeño detalle de un cuadro de Anna que estaba colgado en la pared. Jonathan se inclinó sobre la obra. Intrigado, a continuación examinó otra. Ya febril, abrió el armario grande y sacó una a una las pinturas de

Anna guardadas desde hacía tiempo. En muchas de ellas encontró un detalle idéntico que le heló la sangre. Corrió hacia el escritorio, abrió el cajón y sacó una lupa. Inspeccionó los cuadros de nuevo, uno a uno. Como fondo de todas sus escenas de campo, el edificio que había pintado Anna no era otro que la finca de Clara. La más reciente de aquellas composiciones tenía diez años, y en aquella época Jonathan aún no conocía a Anna. Bajó precipitadamente la escalera, salió a la calle a toda prisa, subió a su coche y puso rumbo a la salida de la ciudad. Si el tráfico se lo permitía, al cabo de dos horas estaría cruzando las rejas del campus universitario de Yale.

Gracias a su celebridad Jonathan fue recibido por el rector, aunque tuvo que esperar en un inmenso pasillo de paredes cubiertas de madera donde estaban colgados unos retratos bastante tristes de hombres de letras o de ciencias. El profesor William Backer le invitó a entrar en su despacho. El rector se sorprendió ante la solicitud de Jonathan, esperaba una conversación sobre pintura y él le hablaba de ciencias, y no de las más ortodoxas. Backer lo sentía, pero ningún profesor se ajustaba a las indicaciones que le daba Jonathan; y ya no quedaba nadie, hombre ni mujer, que impartiera tales materias. El departamento de investigación al que se refería Jonathan había formado parte de su universidad, pero hacía ya mucho tiempo que no existía. Si Jonathan lo deseaba, podía visitar las instalaciones. El edificio 625, antiguamente ocupado por la Facultad de Ciencias Avanzadas, había quedado abandonado desde que se había cerrado el departamento.

–¿Hace mucho que trabaja usted aquí? –le preguntó Jonathan al hombre del servicio de mantenimiento que lo guió a través del campus.

–Desde que tenía dieciséis años, y debería haberme

retirado hace cinco, así que supongo que sí –respondió el señor O'Malley.

Señaló una imponente casucha de ladrillos rojos e inmovilizó el cochecito eléctrico al pie de la escalinata.

–Era aquí –dijo el hombre, invitando a Jonathan a seguirle.

O'Malley buscó la llave adecuada en un manojo donde probablemente llevaría un centenar de ellas. Tras dudar un instante, introdujo una de largo paletón en la cerradura manchada de herrumbre.

La gran puerta que se abría al vestíbulo del edificio 625 chirrió al girar sobre sus goznes.

–Nadie ha venido aquí desde hace cuarenta años, ¡mire qué desastre! –dijo O'Malley.

A los ojos de Jonathan, salvo por la espesa capa de polvo que cubría el suelo y los muebles, las instalaciones estaban bastante bien conservadas. O'Malley le llevó a visitar el laboratorio. La amplia estancia contaba con diez mesas de revestimiento blanco, todas ellas repletas de probetas y alambiques.

–Parece ser que trabajaban en problemas de matemática experimental; les dije a los inspectores que aquí, sobre todo, se ocupaban de fórmulas químicas.

–¿Qué inspectores? –preguntó Jonathan.

–¿No está al corriente? Creí que había venido por eso, todo el mundo en esta zona conoce la historia.

Mientras volvían por el pasillo que conducía a la sala de profesores, O'Malley le explicó a Jonathan el motivo que había llevado a cerrar precipitadamente el antiguo departamento de ciencias avanzadas, como lo llamaban allí. Se admitía a muy pocos estudiantes en aquella sección. La mayor parte de los aspirantes eran rechazados en el examen de ingreso.

–No sólo había que ser un fuera de serie en todas las materias científicas, también tenías que ser un prodigio en filosofía. Además, antes de ser admitidos, los aspirantes debían someterse a una entrevista bajo hipnosis con la directora de investigación. Ella era quien rechazaba a todo el mundo. Nadie era lo bastante bueno a sus ojos. Era una mujer extraña. Trabajó durante diez años entre estas paredes y nadie, en el transcurso de la investigación, recordaba haberse cruzado con ella por el campus. Aparte de mí, por supuesto, yo conocía a todo el mundo aquí.

–Todavía no me ha dicho sobre qué trataba esa investigación.

–Hace cuarenta años, desapareció un estudiante.

–¿Dónde desapareció? –preguntó Jonathan.

–Bueno, ahí está el problema, señor. Si usted sabe dónde ha perdido sus llaves, entonces ya no están perdidas. ¿O no?

–¿Qué conclusiones sacó la policía?

–Que había sido una fuga, pero yo no me lo creí.

–¿Por qué no?

–Porque sé que desapareció en el laboratorio.

–Puede que escapara a su vigilancia, usted no podía mirar a todas partes al mismo tiempo.

–En aquella época –continuó O'Malley–, yo formaba parte del equipo de seguridad. Eran unos tiempos en que esta palabra tenía mucha miga. Nuestro trabajo consistía en impedir que los chicos fueran por la noche a armar escándalo en los dormitorios de las chicas... y viceversa.

–¿Y de día?

–Como todos los guardas de noche, dormíamos durante el día. En fin, mis dos colegas lo hacían, pero yo no, nunca he dormido más de cuatro horas diarias, creo que es algo genético. Tal vez por eso me dejó mi mujer. Bueno, el caso es que aquella tarde yo estaba arreglando el césped, cuando vi entrar al joven Jonas en el edificio. Nunca más volvió a salir.

–¿Y la policía no le creyó?

–Comprobaron las paredes, rastrearon el parque, interrogaron a la Vieja... ¿qué más quería que hiciesen? Además, en esa época yo bebía un poco, y ya sabe, un testimonio con la nariz enrojecida resulta poco fiable...

–¿A qué vieja se refiere?

–A la directora, sígame.

O'Malley buscó otra llave en su manojo, abrió la puerta de un despacho y pasó delante de Jonathan. Los pequeños vidrios de las dos ventanas estaban tan sucios que la luz apenas entraba en la estancia. Un pupitre de madera recubierto por una espesa capa gris había sido arrastrado contra la pared. Una silla estaba abandonada al revés en un rincón, al lado de un perchero completamente torcido. Enfrente, un mueble con cajones presentaba el mismo mal aspecto.

–No sé por qué lo llamaban la sala de profesores, nunca había nadie que diera clases –dijo O'Malley.

Se acercó a las estanterías que cubrían una de las paredes y rebuscó entre un montón de viejos periódicos amarillentos.

–¡Mire, ahí está la Vieja! –añadió el guardián, mostrándole a Jonathan la foto de la primera página.

La mujer que estaba de pie, rodeada de sus cuatro alumnos, no debía de tener más de treinta años.

–¿Por qué la llama vieja? –preguntó Jonathan mientras miraba la imagen.

–Porque en aquella época yo sólo tenía veinte años

–refunfuñó O'Malley dando una patada al suelo polvoriento.

Jonathan se aproximó a la ventana para examinar con más detalle la fotografía amarillenta. El rostro de la joven no le decía nada, pero su mano le llamó la atención: llevaba un diamante impresionante en el anular.

–¿Es Jonas? –preguntó Jonathan al tiempo que señalaba al joven de la derecha del retrato.

–¿Cómo lo sabe? –preguntó O'Malley, sorprendido.

–No, no lo sabía –respondió el especialista.

Dobló la hoja del periódico del campus y se la guardó en el bolsillo. En la foto, el joven, que se había llevado las manos a la espalda, entornaba los ojos, tal vez sólo a causa del flash.

–Cuando no la llamaban la Vieja, ¿qué nombre utilizaban?

–Nunca la llamaron de otra forma.

–Y cuando ella le hablaba, ¿sólo le respondía llamándola de ese modo? –insistió Jonathan.

–Ella no nos dirigía la palabra, y nosotros no teníamos nada que decirle.

–¿Por qué la odiaban tanto, señor O'Malley?

El viejo guarda se volvió hacia Jonathan.

–¿Por qué ha venido aquí, señor Gardner? Todo esto son antiguallas y no es bueno remover el pasado. Tengo trabajo que hacer, será mejor que nos vayamos.

Jonathan agarró a O'Malley por el brazo.

–Ya que menciona el pasado, soy prisionero de una época que no conozco y tengo muy poco tiempo para descubrir qué esconde. El amigo de un amigo decía que basta el menor indicio para seguir el hilo de un acontecimiento. Estoy buscando la pequeña pieza del puzle que me permita reconstruir la imagen. Le necesito, señor O'Malley.

El guarda se quedó mirando a Jonathan y suspiró hondamente.

–Aquí se practicaban experimentos. Por eso se cerró el edificio, para evitar un escándalo después de que Jonas desapareciera.

–¿Qué clase de experimentos?

–Esos alumnos habían sido seleccionados porque sufrían pesadillas. Sé que puede parecerle absurdo, pero es la verdad.

–¿Qué clase de pesadillas, señor O'Malley?

El hombre frunció el ceño. Parecía pesarle terriblemente la respuesta de esa pregunta. Jonathan apoyó la mano sobre su hombro.

–La sensación de revivir unos hechos que pertenecen a otra época, ¿no es así?

O'Malley ladeó la cabeza en señal de asentimiento.

–Les hacía entrar en trance, decía que se trataba de alcanzar la conciencia profunda de cada uno, un estado sublime que nos permitiría acceder al recuerdo de nuestras vidas anteriores.

–En aquella época usted no formaba parte del equipo de seguridad, sino que era uno de sus estudiantes, ¿verdad, O'Malley?

–Sí, señor Gardner, efectivamente, era uno de sus estudiantes, y cuando el laboratorio cerró no volví a estudiar nada más en mi vida.

–¿Qué le ocurrió, señor O'Malley?

–El segundo año, ella nos inyectaba productos en las venas para provocar las reacciones. La tercera vez que la Vieja nos pinchó, Coralie y yo nos acordamos de todo. ¿Está preparado para escuchar algo horrible, señor Gardner? ¡En ese caso, escúchelo bien! En 1807, yo vivía con mi mujer en Chicago y era un próspero fabricante de barriles. Hasta que Coralie mató a nuestra hija. La pequeña tenía un año cuando la ahogó con sus pañales. Yo amaba a mi esposa, pero ella estaba afectada de una enfermedad que destruía las células del cerebro. Los primeros síntomas son simples ataques de cólera pasajeros, pero cinco años después, los que la sufren se hunden en una locura irreversible. A Coralie la colgaron en la horca. No tiene ni idea de lo que se sufre cuando el verdugo no le otorga a uno la gracia de estrechar el nudo para que se rompan las vértebras. Vi cómo se balanceaba en el extremo de su cuerda, mientras sus lágrimas me suplicaban que acabase con tanto sufrimiento. Hubiera matado a todos esos cerdos entrometidos que la miraban morir; me sentí impotente en medio de la muchedumbre. Ella regresó en 1843, yo no la había conocido, ni ella a mí; de lo contrario, tal vez no nos habríamos amado como lo hicimos. Una pasión como ya no existe en nuestros días, señor Gardner. Todo volvió a comenzar en 1902 y la Vieja me dijo que sería así cada vez. Poco importa que mi mujer lleve otro nombre o tenga otro rostro: siempre es la misma alma, con su parte de locura que volverá a perseguirnos. El único modo de que nuestros sufrimientos cesen para siempre es que uno de nosotros renuncie a amar al otro durante una de sus vidas. A menos que uno traicione el sentimiento que lo liga al otro, cada vida nueva nos reunirá otra vez y reproducirá la misma historia, con el mismo dolor.

–¿Y usted se lo creyó?

–¡Si usted hubiera sufrido las mismas pesadillas que nosotros vivíamos despiertos, señor Gardner, también se lo habría creído!

Cuando el laboratorio cerró, la prometida del señor O'Malley se encontraba en su tercera crisis de cólera descontrolada. Puso fin a sus días a la edad de veintitrés años. El joven que él era entonces se exilió a Canadá y veinte años después regresó a Yale, donde se hizo contratar como empleado de mantenimiento. Había cambiado tanto que nadie le reconoció.

–¿Y nadie tuvo jamás la menor idea de lo que le ocurrió a Jonas? –preguntó Jonathan.

–La Vieja lo mató.

–¿Cómo puede estar tan seguro?

–También él había soñado algo. La mañana de su desaparición, había anunciado que pensaba abandonar el departamento. Debía marcharse a Londres urgentemente.

–¿Y no le dijo nada de todo eso a la policía?

–Si les hubiera explicado lo que acabo de decirle, ¿piensa que me habrían creído? Lo más probable es que me hubieran encerrado en un manicomio?

O'Malley acompañó a Jonathan de vuelta a su vehículo, estacionado en el aparcamiento del campus. Cuando Jonathan le preguntó por qué había querido regresar allí, O'Malley se encogió de hombros.

–Aquí es donde me siento más cerca de ella, también los lugares tienen memoria, señor Gardner.

En el momento en que Jonathan iba a arrancar, O'Malley se inclinó sobre su portezuela.

–¡La Vieja se llamaba Alice Walton!

10

Peter estaba literalmente fascinado por la técnica de Radskin. El rayo de luz que se reflejaba en la rama mayor del álamo antes de atravesar la pequeña ventana a la derecha del cuadro estaba pintado con una destacadísima destreza. El tono plateado que adquiría al acariciar el suelo a los pies de la joven del vestido rojo era idéntico al que ofrecía la luna aquella noche en el pequeño despacho. Peter se entretuvo apagando la luz más de una vez para comprobar ese efecto, ciertamente sorprendente. Avanzó hasta la ventana y contempló el gran árbol, y luego el cuadro.

–¿Dónde estaba el dormitorio de Vladímir? –le preguntó a Clara.

–Justo encima, donde has dejado tu equipaje. Esta noche dormirás en su cama.

Era tarde y Clara se despidió de su invitado. Peter quería quedarse un poco más junto a la obra; ella le preguntó si necesitaba algo y él le respondió que no: disponía de un arma infalible contra el desfase horario encarnada en una píldora pequeña de efectos fabulosos.

–Gracias, Peter –dijo Clara en el umbral de la puerta de la biblioteca.

–¿Por qué?

–Por estar aquí.

Cuando Peter se dio la vuelta, Clara ya se había ido.

Recostado en su cama, Peter estaba maldiciendo a Jenkins: el muy imbécil había confundido un antibiótico con un somnífero. ¡Ya no se podía confiar en nadie! Si eran las once en Inglaterra, que para él seguía siendo una hora temprana, dedujo que el sol todavía no se habría puesto en Boston. Incapaz de conciliar el sueño, Peter se levantó, cogió sus documentos de la maleta y se los llevó a la cama. Como para su gusto en el dormitorio hacía demasiado calor, volvió a levantarse enseguida y fue a abrir la ventana. Respiró una gran bocanada de aire fresco y observó maravillado el manto plateado con el que la luna había engalanado el álamo. Empujado por una duda, se puso una bata y bajó otra vez al despacho. Después de mirar atentamente el cuadro, regresó a la ventana de su dormitorio. La rama mayor se extendía muy por encima de su cabeza, a la altura de la techumbre, y puesto que los árboles crecen elevando su copa hacia el cielo, Peter supuso que Vladímir debió de haber pintado el cuadro desde el desván. Se prometió hablarle de ello a Clara a la mañana siguiente. Pero la impaciencia se alió con su insomnio, así que, cuando oyó que los escalones crujían bajo los pasos de su anfitriona, entornó la puerta de su habitación y la llamó.

–Iba a buscar agua, ¿quieres? –preguntó Clara desde los escalones.

–Yo nunca bebo agua, ¡hace que me oxide! –respondió Peter mientras avanzaba por el rellano.

Llegó junto a Clara y le pidió que lo siguiera al despacho.

–¡Conozco ese cuadro de memoria! –dijo ella.

–No lo pongo en duda, pero sígueme de todos modos –insistió Peter.

Después de un breve paso por la cocina, Peter condujo a Clara hasta la ventana de su dormitorio.

–¿Lo ves? ¡Compruébalo tú misma! ¡Te aseguro que Vladímir trabajaba desde el piso de arriba!

–Eso es imposible, estaba demasiado débil al final de su vida, necesitaba reunir todas sus fuerzas para mantenerse en pie delante de la tela. Las escaleras que conducen al desván ya son bastante peligrosas para cualquiera que se valga por sí mismo. Ninguna persona en su estado se atrevería a subir allí arriba.

–Peligroso o no, te digo que esta ventana no es la que veo en el cuadro. Aquí es mucho más grande, la perspectiva no es la misma y la rama principal se alza hasta la altura de la techumbre, no a la de mi habitación.

Clara le señaló a Peter que en un siglo y medio el álamo habría crecido, y que también la imaginación forma parte de los dones de un pintor. Tras estas últimas palabras, se retiró a sus aposentos.

Peter volvió a acostarse de mal humor. En mitad de la noche, encendió su lámpara y volvió a la ventana. Si Vladímir había sido capaz de reproducir con mano tan experta los reflejos de la luna llena en el árbol, tal como los veía él desde su ventana, ¿por qué se habría molestado en desplazar el tronco?

Invirtió el resto de su insomnio en procurar hallar una respuesta. Al amanecer, continuaba sentado en su cama y todavía estaba leyendo los documentos de la prestigiosa venta que no renunciaba en absoluto a celebrar al cabo de dos semanas. Dorothy llegó a las seis y media de la mañana y Peter bajó enseguida para tomar un café en la cocina.

–Aquí hace un frío de mil demonios –dijo Peter, frotándose las manos junto a la chimenea de la cocina.

–Es una casa vieja –respondió Dorothy mientras le ponía un cubierto de desayuno en la gran mesa de madera.

–¿Hace mucho tiempo que trabaja aquí, Dorothy?

–Tenía dieciséis años cuando entré al servicio de la señora.

–¿Qué señora? –preguntó Peter llenándose el bol.

–La abuela de la señorita.

–¿Ella vivía aquí?

–No, la señora no venía jamás. Yo vivía sola.

–¿Y no le daban miedo los fantasmas, Dorothy? –dijo Peter para provocarla.

–Al igual que los humanos, señor, pueden ser, según sus modales, una buena o una mala compañía.

Peter sacudió la cabeza mientras untaba su tostada con mantequilla.

–¿Ha cambiado mucho la finca desde esa época?

–No teníamos teléfono; prácticamente, ése ha sido todo el cambio. La señorita redecoró algunas habitaciones.

Dorothy se disculpó, pues tenía trabajo, y dejó que Peter se terminara el desayuno. Éste hojeó el periódico, dejó su bol en el fregadero y decidió ir al dormitorio en busca de sus documentos. El día se anunciaba muy hermoso, así que trabajaría fuera mientras esperaba a que bajase Clara. Mientras volvía a su cuarto, Peter se detuvo en mitad de la escalera ante un grabado enmarcado que representaba la finca. Estaba fechado en 1879. Se inclinó para estudiarlo. Perplejo, bajó otra vez las escaleras, salió y atravesó el patio. Se detuvo al pie del gran álamo y observó atentamente el tejado de la casa. Luego volvió sobre sus pasos, regresó a la escalera, descolgó el grabado y se lo llevó bajo el brazo.

–¡Clara, Clara, ven a ver esto!

Peter gritaba en medio del patio. Dorothy salió encolerizada de la cocina.

–¡La señorita está descansando, señor, le ruego que no haga tanto ruido!

–¡Vaya a despertarla! ¡Dígale que es importante!

–¿Y se puede saber qué encuentra el señor tan importante en medio del patio como para que yo despierte a la señorita, que tanto necesita dormir después de las terribles noches que ha pasado por culpa del amigo del señor?

–¿Ha podido decir todo eso sin respirar, Dorothy? ¡Estoy impresionado! Dese prisa, o iré a su dormitorio a buscarla yo mismo.

Dorothy se alejó elevando los brazos al cielo, mientras murmuraba que, decididamente, estos americanos no tenían modales. Clara, en camisón, se reunió con Peter, que se paseaba alrededor del árbol. Echó un vistazo al grabado que él había colocado al pie del tronco.

–Ayer no estaba colgado ahí, si la memoria no me falla –dijo, saludando a Peter.

Peter se agachó y le señaló el marco a Clara.

–¡Mira!

–¡Es la finca, Peter!

–¿Cuántas buhardillas cuentas en el tejado? –preguntó él con tono exasperado.

–Seis –respondió Clara.

Él la cogió por el hombro y le hizo dar media vuelta.

–Y ahora, ¿cuántas hay?

–Cinco –murmuró Clara.

Peter la cogió del brazo y la arrastró al interior de la casa. Treparon los escalones de cuatro en cuatro y Dorothy, a quien no le gustaba demasiado el atuendo que llevaba la señorita Clara en presencia de Peter, salió de la cocina para seguirles hasta el desván.

Jonathan garabateó una nota. Informó a Anna de que pasaría todo el día en el museo y de que cenaría con el conservador. Estaría de vuelta hacia las diez de la noche. Odiaba tener que pasarle el parte de en qué empleaba el tiempo. Arrancó la hoja del cuaderno y se la confió a la mariquita imantada que había en la puerta del frigorífico. Luego salió y tomó la calle hacia la derecha. Se puso al volante de su coche y esperó pacientemente.

Una hora más tarde, Anna abandonó la casa y giró a la izquierda. Después de arrancar su coche, puso rumbo al norte y atravesó el puente de Harvard, dirección a Cambridge. Jonathan aparcó a la entrada de Garden Street y no la perdió de vista cuando subió los tres escalones del elegante inmueble. En cuanto desapareció en el interior, él salió de su vehículo y fue andando hasta la puerta acristalada. En el vestíbulo, los botoncitos rojos de encima del ascensor indicaban que éste se había detenido en el piso decimotercero. Volvió sobre sus pasos. Anna apareció de nuevo dos horas más tarde y Jonathan se agachó hacia el asiento del copiloto cuando el Saab pasó por su lado al abandonar la calle. Cuando Anna cruzó la intersección, él regresó con paso decidido al número 27 de Garden Street, dudó un instante ante las teclas 13A y 13B del interfono y decidió llamar a los dos pisos. La puerta eléctrica se abrió de inmediato.

Al final del pasillo había una puerta entreabierta. Jonathan la empujó lentamente y una voz que identificó de inmediato dijo:

–¿Has olvidado algo, querida?

Al verle en la entrada, la mujer de los cabellos blancos experimentó un ligero sobresalto que, sin embargo, controló a la perfección.

–¿La señora Walton? –dijo Jonathan con frialdad.

Con las manos en la cintura, Dorothy estaba de pie, como un palo en mitad del gran espacio que quedaba debajo del desván, y miraba a Clara.

–¡Dorothy, júreme por su honor que mi abuela no modificó la techumbre de esta casa!

–¡No pienso jurar nada! –respondió furiosa.

–¿Por qué no me habló nunca de ello? –preguntó Clara.

Peter dio un nuevo golpe de maza y una primera fisura vino a agrietar el muro.

–Nunca surgió la ocasión de comentar el tema.

–¡Por favor, Dorothy! Nuestro arquitecto, el señor Goesfield, se sorprendió de que el ayuntamiento nos denegara la autorización para remodelar el desván, y repitió varias veces que estaba convencido de que ya se habían realizado otras obras en este espacio. –Clara se sobresaltó cuando Peter volvió a golpear la pared–. ¡Y usted mantuvo en mi presencia que la casa estaba tal como había estado siempre! Lo recuerdo como si fuese ayer, y además, se comportó de un modo extremadamente antipático con el señor Goesfield.

La habitación tembló una vez más y una nube de polvo se desplomó de la techumbre. Clara levantó la cabeza y se llevó a Dorothy un poco más lejos, junto a la ventana.

–¡Su abuela me lo hizo prometer! Fue ella quien mandó catalogar la finca.

–¿Por qué? –preguntó Peter desde el fondo de la habitación.

Apartó con el pie los pedazos de yeso que cubrían el suelo. El ladrillo negro estaba ahora al desnudo en gran parte de la pared. Le dolían los hombros. Respiró hondo y golpeó de nuevo.

–Yo no sé nada –refunfuñó Dorothy dirigiéndose a

Clara–, su abuela tomaba todas las decisiones, pero era una mujer justa. Decía que usted sería una gran bióloga, pero no ha hecho más que ir a su aire...

–¡Quería que fuese química, no bióloga! Y también quería que vendiera la finca, ¿se acuerda de eso? –la interrumpió Clara.

–Sí –protestó Dorothy, que tan ligada se sentía a ese lugar.

Los perpiaños comenzaron a separarse y Peter rascó las junturas con el mango de la maza. El muro comenzó a doblegarse bajo el efecto de otro golpe.

–¿Por qué hizo desaparecer esa ventana bajo la techumbre, Dorothy?

Dorothy miró fijamente a Clara, resistiéndose a responder. Sin embargo, ante su insistencia acabó por ceder.

–Porque la desgracia cayó sobre su hija cuando también ella quiso atravesar ese muro. ¡Dígale al señor que se detenga, se lo ruego!

–¿Usted sabe lo que le ocurrió a mi madre? –preguntó Clara febrilmente.

Peter consiguió extraer un primer ladrillo, pasó la mano por el agujero y extendió el brazo. El espacio que había detrás del tabique parecía profundo. Cogió otra vez el mazo y redobló la energía de sus golpes.

–Su abuela me contrató en el pueblo, cuando acababa de adquirir la finca. Las pesadillas de su hija habían comenzado durante las primeras vacaciones que las dos pasaron aquí.

Peter le dio a un segundo perpiaño, y el espacio que quedó le bastó para poder introducir la cabeza en el orificio. Al otro lado de la pared estaba tan oscuro como una noche cerrada.

–¿Qué clase de pesadillas? –preguntó Clara.

–Gritaba cosas terribles mientras dormía.

–¿Se acuerda de lo que decía?

–¡Ojalá lo hubiera podido olvidar! Era incomprensible, no dejaba de repetir: «Vendrá aquí». Los medicamentos que le recetaba el doctor no podían calmarla y la señora estaba desesperada al ver a su hija en ese estado. Cuando no se pasaba el día hurgando en cada rincón de la finca, la muchacha se sentaba bajo las ramas del álamo. Yo la tomaba entre mis brazos para tranquilizarla y ella me confesó que, en sus sueños, hablaba con un hombre al que conocía desde siempre. Yo no entendía nada. Me dijo que ahora se llamaba Jonas, y que ya se habían amado antes. No tardaría en ir a buscarla, ahora ya sabía cómo encontrarla. Y luego llegó esa semana terrible, cuando se la llevó su tristeza.

–¿Qué tristeza?

–Decía que ya no podía oírle, que estaba muerto, que lo habían matado. No quiso seguir comiendo y sus fuerzas la abandonaron muy pronto. Esparcimos sus cenizas a los pies del gran árbol. La señora hizo tapiar esa ventana para que desapareciera del tejado. Se lo suplico, dígale al señor Gwel que renuncie antes de que sea demasiado tarde.

Peter iba por el enésimo golpe de maza y los brazos le dolían terriblemente. Por fin consiguió escabullirse por la abertura y pasar al otro lado del muro.

–¿Era Jonas mi padre? –continuó Clara.

–¡Oh, no, señorita, Dios la guarde! Su abuela la adoptó a usted mucho más tarde.

Clara se apoyó contra el marco de la ventana. Contempló el patio a sus pies y contuvo la respiración. La tristeza que se apoderaba de sus ojos le impedía darse la vuelta y enfrentarse a Dorothy.

–¡Miente! Yo nunca fui adoptada –dijo mientras reprimía un sollozo.

–¡Su abuela era una mujer de bien! Visitó numerosos orfanatos de la zona. La quiso a usted desde el momento en que la vio, decía que veía a su propia hija en sus ojos, que ella se había reencarnado en usted. Eran historias que se contaba para mitigar su dolor: la señora ya no volvió a ser la misma después del fallecimiento de su hija. Prohibió que usted se acercara a la finca; ni siquiera ella entraba nunca. Cuando venía de Londres para pagarme el salario y el dinero del mantenimiento, yo debía esperarla en la verja. Me echaba a llorar cada vez que la veía.

Peter tosió a causa del polvo. Esperó sin moverse a que sus ojos se acostumbraran a la penumbra.

–¿Cómo se llamaba la hija de mi abuela?

Los ojos de Dorothy Blaxton se llenaron a su vez de lágrimas. Cogió del brazo a aquella muchacha, a la que tanto quería y le dijo al oído con voz temblorosa:

–Igual que usted, señorita, se llamaba Clara.

–¡Tienes que venir a ver esto! –gritó Peter desde el otro lado de la pared.

Jonathan entró en el salón del lujoso apartamento.

–¿Qué haces tú aquí? –preguntó fríamente la señora Walton.

–Acabo de regresar de Yale y hoy haré yo las preguntas –respondió Jonathan con sequedad–. ¿Qué estaba haciendo Anna en su casa, señora Walton?

La mujer de los cabellos blancos lo miró fijamente. Él captó cierta expresión de compasión en su mirada.

–Realmente, hay tantas cosas que se te escapan, mi pobre Jonathan...

–Pero ¿quién se cree que es usted? –dijo él enfurecido.

–¡Tu suegra! O al menos lo seré dentro de unos días.

Jonathan la observó detenidamente, buscando la parte de verdad que pudiera haber en sus palabras.

–¡Los padres de Anna están muertos!

–Formaba parte de nuestro plan hacerte creer eso.

–Pero ¿qué plan?

–Tu encuentro con mi hija, desde el día de su primera exposición, que yo organicé sin reparar en gastos, hasta vuestra boda. Todo estaba previsto, incluida tu relación, tan patética como inevitable, con Clara. Porque sigue llamándose así, ¿verdad?

–¿Fue usted quien hizo que nos siguieran en Europa?

–Yo o ciertos amigos míos. Poco importa eso, puesto que el resultado está ahí. Mis contactos os resultaron muy útiles en el Louvre, ¿no es cierto?

–Pero ¿qué es lo que busca? –exclamó Jonathan.

–¡Venganza! ¡Justicia para mi hija! –gritó Alice Walton.

Encendió un cigarrillo. A pesar de la calma aparente que exhibía de nuevo, la mano adornada con la sortija de diamante frotaba con gesto nervioso la manta que cubría el sofá en el que había tomado asiento. Prosiguió.

–Ahora que los dados están echados y tu suerte está sellada, permite que acabe de contarte la triste historia de sir Edward Langton, que fue mi marido.

–¿Su marido? ¡Si Langton murió hace más de un siglo!

–Las pesadillas no podían revelároslo todo –suspiró Alice–. Sir Edward tuvo dos hijas. Era un hombre generoso, quizá demasiado. No contento con haber consagrado su talento y su fortuna como marchante a su pintor Radskin, cultivaba una honda pasión por su hija mayor. Nada era demasiado bueno para ella. ¡Y si supieras cuánto sufría su hija pequeña por el desapego de su padre! Pero los hombres no escuchan más que sus deseos, sin reparar en el daño que hacen. ¿Cómo pudiste hacernos eso?

–¿Hacerles qué? ¡No comprendo ni una palabra de lo que dice!

–Su hija mayor, la favorita, se encaprichó de un joven y brillante especialista; los dos enamorados estaban siempre juntos y sólo vivían el uno para el otro. Edward aceptó con desagrado el hecho de que su hija se le escapara, estaba celoso, como les sucede a bastantes padres durante algún tiempo cuando sus hijos aspiran a volar con sus propias alas. Yo, en cambio, soñaba con ese día. Esperaba que Edward le prestara por fin un poco más de atención a Anna. Tras la muerte de Vladímir, no nos quedaban muchas esperanzas de hacer frente a nuestras deudas, sólo la venta de su último cuadro podía salvarnos de la ruina. La suma que esperábamos obtener era importante, y todas las demás telas sin vender que mi marido había acumulado a lo largo de los años habrían adquirido valor. ¡Era un trato justo, después de que Edward se pasara tanto tiempo manteniendo a Vladímir en una opulencia indecente, y todo en detrimento de nuestra fortuna!

También Clara se escurrió por el agujero que Peter había agrandado. Al otro lado de la pared, todo rezumaba miseria. El austero mobiliario consistía en un pupitre, una silla de construcción rudimentaria y una cama pequeña que parecía un camastro de hospital de guerra. Un viejo bote de cerámica descansaba en una de las tres estanterías. Al fondo de la estancia, un hilo de luz cenital alcanzaba el suelo hasta debajo de un caballete. Peter se adentró en la oscuridad. Levantó la cabeza y reparó en las tablas de madera que estaban clavadas en el techo. Se puso de puntillas y las arrancó una a una. Una palidez grisácea irradió sobre el caballete. Peter despejó la claraboya que acababa de destapar y se alzó ayudándose con la fuerza de sus brazos.

Su rostro blanquecino a causa del polvo sobresalió por el tejado inclinado. Observó el parque que se desplegaba a su alrededor y, cuando vio la rama mayor de un álamo que rozaba el canalón por debajo de él, sonrió y volvió a bajar.

–Clara, creo que acabamos de encontrar el auténtico dormitorio de Vladímir Radskin. Es aquí donde pintó *La joven del vestido rojo*.

Alice Walton hizo girar la sortija alrededor del dedo. La colilla todavía echaba humo en el cenicero, y ella la aplastó con gesto nervioso para encender a continuación un nuevo cigarrillo. La llama de la cerilla iluminó tristemente su rostro. El sufrimiento y la rabia estaban grabados en cada una de sus arrugas.

–¡Por desgracia, el día de la venta un especialista malintencionado le hizo llegar una carta al comisario tasador donde aseguraba que el cuadro era falso! Y el responsable de la anulación de la venta y la ruina de mi familia no fue otro que el cómplice enloquecido de una hija mayor que se vengaba así de su padre por haber impedido su matrimonio. Ya conoces el resto: nos marchamos a América y mi marido murió unos meses después de nuestra llegada, asesinado por la deshonra.

Jonathan se levantó y se dirigió a la puerta acristalada. Nada de todo eso podía ser cierto. El recuerdo de la última pesadilla que había compartido con Clara lo obsesionaba. Con la espalda vuelta hacia Alice, negó con la cabeza en señal de rechazo.

–¡No te hagas el inocente, Jonathan! También tú te has visto asaltado por los sueños. Nunca os he perdonado, a ninguno de los dos. El odio es un sentimiento capaz de insuflar la fuerza de la vida en nuestras almas durante mucho tiempo. Yo no he cesado de cultivarlo para volver a vivir. En todas las épocas he sabido encontraros y malograr vuestros destinos. ¡Cuánto me divertí cuando eras mi alumno en Yale! Los dos estabais muy cerca del final. En aquella vida, tú te hacías llamar Jonas, habías venido a estudiar a Boston y quisiste americanizar tu nombre. Pero poco importa, no puedes acordarte de todo eso. Estabas a punto de encontrar a Clara, habías visto en tus sueños que ella vivía en Londres, pero pude separaros a tiempo.

–¡Está usted completamente loca!

Jonathan sintió un irresistible deseo de abandonar aquel sitio que le impedía respirar. Se dirigió hacia la puerta. La mujer de cabello blanco lo retuvo brutalmente por el brazo.

–Todos los grandes inventores tienen una cosa en común: saben cómo distanciarse del mundo para poder imaginar. Yo conseguí que Coralie O'Malley se volviera loca, y casi lo logré también con Clara el día que envenené a Jonas. Ya te lo dije cuando nos vimos en Miami por primera vez. Amar y odiar es crear la propia vida en lugar de contemplarla. Los sentimientos no siempre mueren, Jonathan. Una y otra vez han logrado reuniros de nuevo.

Jonathan la miró de arriba abajo con frialdad, le cogió la mano y la apartó de su brazo.

–¿Qué está buscando, señora Walton?

–Consumir vuestras almas y separarte de Clara para

siempre. Por eso era necesario que al principio permitiera que os encontrarais. Estoy a punto de alcanzar mi objetivo: si no conseguís vivir este amor, esta vida será la última para los dos. A vuestras almas ya casi no les quedan fuerzas. No sobrevivirán a una nueva separación.

–¿Así que se trata de eso? –dijo Jonathan, poniéndose en pie–. ¿Quiere vengarse por algo que vivió hace más de un siglo? Y suponiendo que esté de acuerdo con su lógica, ¿sacrificaría a una de sus hijas por ese deseo insatisfecho? ¿Y pretende convencerme de que no está loca?

Jonathan salió del apartamento sin darse la vuelta. Cuando cruzó el umbral de la puerta, Alice Walton gritó a su espalda:

–¡Clara no era mi hija, sólo Anna lo era! Y lo quieras o no, es con ella con quien te casarás dentro de unos días.

–¡Lo menos que puede decirse es que Radskin no debió de arruinar a sir Edward con gastos superfluos!

Peter carraspeó. El aire de la habitación era acre, ligeramente impregnado de ajo.

–¿Vivía en este trastero? –preguntó Clara, consternada.

–¡He aquí al menos algo que me parece indiscutible! –añadió Peter dejando un nuevo perpiaño en el suelo.

Una hora más tarde, ya había horadado una abertura en la pared lo bastante ancha para que la luz del desván iluminara la estancia. Peter señaló la buhardilla de la casa.

–El universo cerrado de Vladímir se parecía más a la celda de una cárcel que al dormitorio de un huésped.

Peter, intrigado, contemplaba el suelo, donde el color de la madera difería del resto del desván.

–¡Es evidente que esta parte del pavimento nunca fue restaurada!

–¡Sí, es evidente! –respondió Clara.

Peter continuó examinando la habitación y se agachó para mirar debajo de la cama.

–¿Qué estás buscando? –preguntó Clara.

–Su paleta, sus pinceles, ampollitas de pigmentos..., cualquier indicio.

–Yo no veo nada, es como si alguien hubiera querido borrar cualquier rastro de su paso por este cuarto.

Peter se subió a la cama y pasó la mano por encima de las estanterías.

–He encontrado algo –exclamó.

Saltó otra vez al suelo y le tendió a Clara un pequeño cuaderno negro. Ésta sopló la cubierta y una nube de polvo se elevó en el aire. Peter se lo arrebató de las manos con impaciencia.

–¡Ya lo abro yo!

–¡Con cuidado! –dijo Clara interceptando su gesto.

–Soy comisario tasador y, por extraño que pueda parecerte, estoy bastante acostumbrado a manipular objetos antiguos.

Clara le quitó otra vez el cuaderno de las manos y volvió la primera página con delicadeza.

–¿Qué contiene? –suplicó Peter.

–No tengo ni idea, podría ser un diario, pero la escritura está en cirílico.

–¿En ruso?

–¡Es lo mismo!

–¡Ya sé que es lo mismo! –protestó Peter.

–Espera –dijo Clara–, también hay una serie de símbolos químicos.

–¿Estás segura? –preguntó Peter, cuyo tono de voz delataba excitación.

–¡Sí! –respondió ella excitada.

Sentado detrás de su escritorio, François Hébrard finalizaba su jornada releyendo el informe que le había traído Sylvie Leroy. Desde la visita de Jonathan, los investigadores del Louvre habían perseverado en sus intentos por descifrar el misterio del pigmento rojo.

–¿Ha podido contactar con el señor Gardner? –preguntó el jefe del departamento.

–No, el buzón de su móvil está saturado, ni siquiera se le puede dejar un mensaje, y no responde al correo electrónico.

–¿Cuándo debe celebrarse esa venta? –preguntó Hébrard.

–El veintiuno, es decir, dentro de cuatro días.

–Con lo que nos hemos esforzado, es absolutamente necesario ponerle al corriente. ¡Haga lo que crea necesario, pero encuéntrele!

Sylvie Leroy salió del despacho y volvió a su taller. Conocía a alguien que podía decirle cómo encontrar a Jonathan Gardner, aunque no sentía ningún deseo de llamarle. Cogió su bolso y apagó la lámpara de la mesa de trabajo. En el pasillo se cruzó con varios colegas, pero estaba tan contrariada que ni siquiera oyó sus saludos. Pasó por delante de la garita del puesto de seguridad e insertó su credencial en el lector. La gran puerta se deslizó al instante. Sylvie Leroy subió por la escalera exterior. El cielo estaba deslumbrante y ya se podía oler el verano. Cruzó el patio del Louvre, se sentó en un banco y admiró la belleza del paisaje que la rodeaba. La pirámide de Pei proyectaba los rojos del sol poniente hasta debajo de la arcada de la galería Richelieu. Miró la cola de visitantes que se extendía en una larga tira sobre la explanada. Trabajar en un lugar tan mágico como aquél era un sueño del que no deseaba despertar nunca. Suspiró mientras se encogía de hombros y marcó un número en su teléfono móvil.

Dorothy había dispuesto los cubiertos en la mesa pequeña de la terraza. Cenaron temprano, pues querían volver a Londres a primera hora de la mañana: el equipo de la Delahaye Moving debía presentarse pronto en la galería con el fin de preparar *La joven del vestido rojo* para su viaje. Clara y Peter tenían un sitio reservado a bordo del furgón de seguridad que los conduciría, bien escoltados, al aeropuerto de Heathrow. Los cinco cuadros de Vladímir viajarían en las bodegas del 747 de la British Airways que los llevaría hasta Boston. En el aeropuerto Logan los esperaría otro camión blindado. Al día siguiente, en Londres, Peter escanearía las páginas manuscritas del cuaderno de Vladímir y se las enviaría por correo electrónico a un colega ruso que se pondría a transcribirlas enseguida. Le sirvió otra taza de café a Clara; ambos tenían la cabeza en otra parte, así que intercambiaron pocas palabras después de la cena.

–¿Has hablado hoy con él? –preguntó Clara, rompiendo el silencio.

–Son las siete de la mañana en Boston; Jonathan apenas se habrá levantado. Le llamaré luego, te lo prometo.

El móvil de Peter vibró sobre la mesa.

–¿Crees en la transmisión de pensamientos? –dijo Peter, alegre–. ¡Seguro que es él!

–Peter, soy Sylvie Leroy, ¿te llamo en buen momento?

Peter se disculpó ante Clara y se apartó. La representante del C2RMF comenzó de inmediato a darle a Peter un informe detallado.

–Hemos logrado descomponer parcialmente el pigmento. Está hecho con cochinillas de peral. No habíamos caído en ello porque suele ser un colorante tan hermoso como fugaz, y seguimos sin comprender cómo evitó vuestro pintor que la pintura se degradase con el tiempo. No obstante, las bases de datos son concluyentes al respecto. Pensamos que el misterio de ese cuadro radica en el barniz que Radskin le aplicó. Nos es desconocido, pero parece tener unas características muy peculiares. Si quieres mi opinión, actúa como filtro, como una especie de película transparente en algunos sitios y opaca en otros. Hemos descubierto unas sombras muy ligeras en las radiografías de la tela, pero son demasiado finas para tratarse de correcciones, aunque no todos los del laboratorio están de acuerdo sobre este punto. Y ahora prepárate, porque hemos hecho dos descubrimientos importantes: Radskin también utilizó rojo de Adrianópolis, es una fórmula medieval de la que te pasaré los detalles. Para obtener un color vivo y estable, se mezclaban grasas, orina y sangre de animales.

–¿Crees que degolló a un perro? –interrumpió Peter–. ¡Evitaré mencionar este detalle durante la celebración de la venta, si no tienes inconveniente!

–Te equivocarías si lo hicieras: Vladímir no hizo daño ni a una mosca. Yo pienso que Radskin compuso su rojo con sus propios medios, y los resultados de ADN son concluyentes: hemos encontrado sangre humana en su pigmento.

Aunque bajo una fuerte impresión, Peter creyó por un instante que por fin había encontrado el modo de autentificar el cuadro. Si el pintor había utilizado su propia sangre, bastaría con comparar los análisis de ADN, pero su excitación pasajera decayó de nuevo: el cuerpo de Vladímir se había convertido en polvo, y ya no existía ninguna materia que permitiera establecer una comparación.

–¿Cuál es el otro descubrimiento importante? –preguntó Peter, preocupado.

–Una cosa muy extraña, la presencia de realgar, un colorante inútil que Vladímir jamás habría aceptado utilizar.

–¿Por qué? –preguntó Peter.

–Porque su rojo se ve dominado por los demás y porque contiene dosis extremadamente tóxicas de sulfuro de arsénico.

Peter se acordó de los efluvios ajados que había notado al meter la cabeza en la abertura de la pared. Era un olor característico de ese veneno.

–El realgar pertenece a la misma familia que el matarratas. Inhalarlo equivale a suicidarse.

–¿Puedes mandarme una copia de este informe a mi despacho de Boston?

–Te prometo que lo haré en cuanto vaya al despacho, pero con una condición.

–¡La que tú quieras!

–¡Que no vuelvas a llamarme nunca más!

Y Sylvie Leroy colgó, dejando a Peter con la palabra en la boca.

Mientras, la luna se elevaba por encima de la línea que dibujaban las cimas de las colinas.

–Esta noche habrá luna llena –dijo Peter, mirando el cielo.

Clara tenía un aspecto tan triste, que le puso una mano encima del hombro.

–Encontraremos una solución, Clara.

–Creo que deberíamos pararlo todo –dijo ella, pensativa–. Iré a la cárcel el tiempo que sea necesario y luego tal vez vuelva a reunirme con él.

–¿Hasta tal punto le amas? –preguntó Peter.

–Más aún, y eso me asusta –añadió mientras se levantaba.

Clara se disculpó por estar tan triste. Él la acompañó hasta la puerta de la cocina y volvió a la mesa, donde disfrutó de la suavidad de la noche. Muy pronto sería medianoche en el meridiano de Greenwich. La luz se extinguió en la ventana de Clara y Peter subió a su dormitorio para preparar el equipaje. Cuando estaba en la escalera, dio media vuelta y se dirigió al pequeño despacho. Unos instantes después subió al cuarto del desván, se sentó en la vieja silla y puso con delicadeza *La joven del vestido rojo* en el caballete de Vladímir Radskin.

–Ya estás en tu sitio –murmuró Peter en la soledad de la noche.

–Es un regalo precioso para Vladímir, hoy es el aniversario de su muerte –susurró Clara a su espalda.

–No te he oído acercarte –dijo Peter sin darse la vuelta.

–Sabía que te encontraría aquí.

La luna ascendía en el cielo y sus reflejos entraron por el tragaluz del tejado. De repente, todos los relieves se engalanaron con un vestido de color azul plateado. La luz cayó sobre el cuadro y el barniz de la tela la absorbió. Poco a poco, ante los asombrados ojos de Peter y de Clara, apareció un rostro debajo de la larga cabellera de *La joven del vestido rojo*. La luna redonda proseguía su lenta ascensión y, cuanto más se elevaba, mejor iluminaban el cuadro sus rayos. A medianoche, cuando alcanzó el cenit, la firma de Vladímir Radskin se dibujó en una esquina de la tela. Peter saltó de la silla y estrechó a Clara entre sus brazos.

–¡Mira! –dijo Clara, señalando la tela con el dedo.

La cara se iba precisando poco a poco. Primero los ojos, luego la nariz, las mejillas y por fin la boca delicada.

Peter contuvo la respiración. Miró a Clara y a *La joven del vestido rojo* alternativamente: sus rasgos eran completamente idénticos. Ciento cincuenta años atrás, Vladímir había terminado la obra más bella de toda su vida y luego se había apagado, sentado en aquella silla, al despuntar el día. La luna declinaba ya y, en el momento en que la luz se apartó del barniz, el rostro y la firma del pintor volvieron a desaparecer de la tela. Clara y Peter se separaron después de quedarse gran parte de la noche en el cuarto del artista, contemplando el cuadro. Se encontraron de nuevo con las primeras luces del día. Después de cargar sus maletas e instalar la tela en el maletero del coche, Peter intentó desesperadamente hablar con Jonathan.

–¡No hay nada que hacer! Estará durmiendo.

–Volveremos a intentarlo en Londres, e incluso en el aeropuerto.

–Le llamaré desde la cabina del piloto, si hace falta –añadió Peter.

Llegaron a la galería a las nueve. Antes de abrir la cortina de hierro, Clara observó por un breve instante la cristalera del pequeño café, que brillaba bajo el sol. Unas horas después, los transportistas cerraron la tapa de la caja que contenía *La joven del vestido rojo*.

A mediodía, el furgón de la Delahaye dejaba Albermarle Street, escoltado por un coche de policía camuflado. Clara estaba en los asientos de la parte delantera, mientras que Peter se había colocado junto al cuadro, en el compartimento trasero.

–Aquí dentro no funcionan los móviles –le dijo el vigilante a Peter, que se empeñaba en utilizar su teléfono–. Las paredes son ignífugas y blindadas.

–¿Puedo bajarme un par de minutos en el próximo semáforo en rojo? Necesito hablar con una persona.

–No lo creo, señor –respondió el encargado, sonriendo.

El convoy se detuvo en la pista directamente, a los pies del 747. Peter firmó cinco comprobantes de viaje; esos documentos le convertían, hasta el momento de la venta, en el tutor legal de las últimas obras de Vladímir. A partir de ese instante, asumía la entera responsabilidad de los cuadros. Clara y él se dirigieron a la escalera de socorro de la pasarela adyacente al fuselaje del aparato. Peter levantó la mirada y vio la sala de embarque, donde esperaban los pasajeros del vuelo.

–¡Esto es aún mejor que viajar con un bebé!

–Llamaremos a Jonathan cuando lleguemos a Boston –dijo Clara.

–No, le llamaremos ahí arriba –respondió Peter, señalando el cielo.

Y subió por la escalera.

Jonathan había dormido poco. Cuando salió de la ducha oyó los pasos de Anna, que subía a su taller. Se puso un albornoz y bajó a la cocina. El timbre del teléfono se puso a sonar. Descolgó el auricular de pared y reconoció al instante la voz de Peter.

–Pero ¿dónde estás? –preguntó Jonathan–. Llevo dos días buscándote.

–¡Es verdaderamente el mundo al revés! ¡Estoy a diez mil metros por encima del Atlántico!

–¿Ya estás de camino a tu isla desierta?

–Todavía no, viejo amigo. Ya te lo explicaré, tengo una muy buena noticia que darte, pero primero quiero pasarte a alguien.

Peter le tendió el teléfono a Clara. Cuando Jonathan oyó su voz, apretó el auricular contra la oreja.

–¡Jonathan, tenemos la prueba! Ya te contaré los detalles cuando lleguemos, ¡casi no me lo puedo creer! Estaremos allí a las cinco de la tarde.

–Os esperaré en el aeropuerto –dijo Jonathan, que de repente había olvidado todo su cansancio.

–Ojalá pudiéramos vernos enseguida, pero en cuanto lleguemos tendremos que pasar por seguridad. Debemos acompañar los cuadros hasta el almacén de Christie's. He reservado una habitación en el Four Seasons, ve a buscarme al hotel, te esperaré en el vestíbulo a las ocho.

–Y yo te prometo que te llevaré a pasear por los muelles del viejo puerto. Ya lo verás, de noche es un espectáculo magnífico.

Clara volvió el rostro hacia la ventanilla.

–Te he echado de menos, Jonathan.

Le devolvió el auricular a Peter, que saludó a su amigo y dejó el aparato bajo el apoyabrazos de su asiento.

Jonathan colgó el teléfono en el soporte de pared de la cocina, y Anna hizo lo mismo con el del taller. Cogió su teléfono móvil y se acercó a la ventana para llamar enseguida a un número de Cambridge. Salió de la casa un cuarto de hora después.

La azafata repartió por la cabina los formularios de inmigración.

–¿No querías que Jonathan viniera con nosotros en el furgón? –preguntó Peter.

–¡Si estaba dispuesta a esperarle diez años, podré resistir el tiempo que me lleve pasar por mi habitación! ¿No has visto qué aspecto tengo?

Gracias a la escolta policial, apenas fueron necesarios veinte minutos para llegar a la ciudad. Después de guardar el último cuadro en el almacén, Clara subió a un taxi para ir al hotel. Peter tomó otro para ir a dejar su maleta y recuperar su viejo Jaguar. A petición suya, Jenkins lo había hecho traer del aeropuerto por el chófer del edificio.

Por el camino llamó al amigo al que había confiado la traducción del cuaderno de Vladímir. Éste se había pasado toda la noche y todo el día con el manuscrito y acababa de enviarle por correo electrónico la primera parte del texto que había transcrito. En cuanto al resto de los documentos, que sólo consistían en fórmulas químicas, habría que acudir a otra clase de intérprete. Peter se lo agradeció sinceramente. El taxi llegaba a su residencia. Atravesó el vestíbulo corriendo, y tanto peor si su conserje lo miraba mal porque pataleaba de impaciencia en el interior del ascensor. En cuanto llegó a su apartamento, encendió la pantalla de su ordenador e imprimió el documento.

Peter volvió a bajar diez minutos después, el tiempo justo de tomar una ducha y ponerse una camisa limpia. Jenkins, que le esperaba junto a la escalera exterior, desplegó su gran paraguas y le protegió de la fina lluvia que caía sobre la ciudad.

–He hecho pedir su automóvil –declaró el señor Jenkins, escudriñando el horizonte encapotado.

–Qué asco de tiempo, ¿verdad? –dijo Peter.

Los grandes faros redondos del Jaguar XK 140 emergieron de la boca del garaje. Peter avanzó en dirección a su coche, se detuvo a mitad de camino, volvió sobre sus pasos y estrechó a Jenkins en un abrazo.

–Dígame, ¿está usted casado, Jenkins?

–No, señor, soy soltero, por desgracia –respondió el conserje.

Ya de camino, Peter llamó a Jonathan y se acercó al micrófono colgado en el parasol para gritar:

–¡Sé perfectamente que estás ahí! No tienes ni idea de cuánto llega a irritarme que no cojas el teléfono. Estés haciendo lo que estés haciendo, te quedan diez minutos. ¡Estoy a punto de llegar!

El coche aparcó junto a la acera, Jonathan subió y Peter volvió a arrancar enseguida.

–Quiero que me lo cuentes todo –dijo Jonathan.

Peter le expuso el relato de su increíble descubrimiento nocturno. Vladímir había aplicado un barniz cuyos efectos sólo podían contrarrestarse mediante el influjo de una luz concreta proyectada en vertical sobre la tela. Reproducir las condiciones exactas en las que se observaba dicho fenómeno sería difícil, pero con la ayuda de ordenadores lo acabarían consiguiendo.

–¿El rostro se parecía realmente al de Clara? –preguntó Jonathan.

–Créeme, es mucho más que un simple parecido. ¡Muestra tal grado de precisión que resulta inquietante!

Y cuando Jonathan quiso saber si Peter creía de veras que algún día podría compartir con él lo que habían tenido el privilegio de ver aquella noche, su amigo lo tranquilizó. Los químicos acabarían por descifrar las fórmulas del pintor y, por mucho tiempo que les llevara, la tela recuperaría algún día su estado original.

–¿Crees que él hubiera querido esto? Radskin tendría un buen motivo para ocultar su firma.

–Un muy buen motivo –afirmó Peter–. Mira, ésta es la transcripción de su diario personal, te va a encantar.

Peter cogió los documentos que estaban en el asiento

de atrás y se los entregó a su amigo. El intérprete había adjuntado a la traducción las fotocopias de las páginas originales. Jonathan acarició con el dedo la escritura manuscrita de Vladímir y comenzó la lectura.

Clara:

Nuestra vida no fue fácil desde la muerte de tu madre. Recuerdo cuando los dos huimos cruzando a pie las llanuras de Rusia. Yo te llevaba sobre mis hombros, y me bastaba con sentir tus manitas enredadas en mis cabellos para no rendirme nunca. Creía que en Inglaterra encontraríamos la salvación, pero la miseria nos esperaba pacientemente en Londres. Mientras yo dibujaba a los transeúntes en la calle, te dejaba con niñeras de un solo día, que, para cuidar de ti, se llevaban las ganancias de los pocos bocetos que conseguía vender. Creí de veras que sir Edward sería nuestro salvador. Espero que algún día perdones mi ingenuidad, que nos ha mantenido separados desde nuestros primeros días aquí. Al cuidarte como a su propia hija, se ganó y al mismo tiempo traicionó mi confianza. Tú tenías sólo tres años cuando te arrancó de mis brazos. Todavía conservo el aroma infantil de aquel último beso que me diste en la frente, hace ya tanto tiempo. La enfermedad me había ganado el terreno y, aprovechando mi debilidad, Langton me hizo trasladar a este cuchitril desde el que te escribo. Se han cumplido ya seis años desde que no puedo salir de esta celda, y el mismo tiempo hace que no puedo estrecharte entre mis brazos, ni ver la luz que brilla en tus ojos, en los que se refleja la misma vida que habitaba en tu madre.

A cambio de las pinturas que le proporciono, Langton se ocupa de ti, te alimenta y te educa. El cochero viene a visitarme a menudo y me da noticias de ti.

A veces incluso nos reímos juntos, cuando me cuenta tus

proezas y me dice que eres mucho más avispada que la propia hija de Langton. Los días en que sales a jugar al patio, me ayuda a subirme al ventanuco que queda debajo del desván. Desde ahí oigo tu voz, y lo mismo me da si me duelen los huesos, ésa es la única oportunidad que tengo de ver cómo sigues creciendo. La sombra de ese viejo que adviertes bajo la techumbre y que tanto miedo te da es la de tu verdadero padre. Cuando el cochero se va, lo hace encorvado, llevando sobre sus hombros el peso de su silencio y su vergüenza. Los colores del coraje lo han abandonado desde que murió su caballo. Yo le pinté un cuadro, pero Langton se lo ha confiscado.

Clara, ya no me quedan fuerzas. Mi amigo el cochero ha venido a informarme de una conversación que escuchó por casualidad. A causa del juego, Langton se encuentra en graves dificultades económicas y su esposa le recordó que, después de mi muerte, mis telas se revalorizarían y les salvarían de la ruina. Hace varios días que mis entrañas me hacen sufrir terriblemente, y mucho me temo que haya cedido a la peor de las tentaciones. Hija mía, si tú no existieras, si el sonido de tus risas no fuera mi más preciado reflejo de la vida, aceptaría la muerte como una liberación. Pero no puedo marcharme en paz sin asegurarme de haber sabido cómo dejarte, a mi manera, un recuerdo único.

Ésta es mi última pintura, mi obra maestra, puesto que es a ti, mi hija, a quien he retratado. Y aunque hoy tan sólo tienes nueve años, ya presentas los rasgos de tu madre. Para que Langton no pueda despojarte de este cuadro, he ocultado tu rostro y disimulado mi firma bajo la capa de un barniz del que sólo yo conozco la fórmula.

Como ves, todos esos años de adolescencia en San Petersburgo, cuando me aburría en las clases de química de la escuela, por fin me habrán servido de algo. El cochero me ha prometido que, el día de tu decimosexto cumpleaños, te hará llegar este cuaderno que ahora le confío. Él te conducirá hasta unos amigos rusos que seguro que lo traducirán para ti. Sólo tendrías que hacer ejecutar la fórmula que he transcrito en las páginas siguientes para saber cómo retirar el barniz que he aplicado. Cuando descubras la tela, y con ayuda de este cuaderno, podrás demostrar que el cuadro te pertenece. Ésta es mi única herencia, hijita, pero es la de un padre que, estando tan cerca y tan lejos al mismo tiempo, jamás ha dejado de quererte. Dicen que el amor más sincero nunca muere, y yo te continuaré queriendo después de mi muerte.

Me hubiera gustado verte crecer, ver cómo te conviertes en una mujer. Si se me concediera un solo deseo, mi única ambición como padre sería que la vida te permita llegar hasta el final de todos tus sueños. Cúmplelos, Clara, y nunca temas amar. Yo te amo tanto como amé a tu madre, y como la amaré hasta mi último aliento.

Este cuadro te pertenece a ti, Clara, hija mía.

VLADÍMIR RADSKIN
18 de junio de 1867

Jonathan volvió a doblar las hojas, incapaz de decirle ni una sola palabra a su amigo.

Clara salió del baño y se envolvió la cintura con una toalla. Contempló su rostro en el espejo de encima del lavamanos y frunció el ceño. Su maleta estaba abierta sobre la cama y las cosas estaban desperdigadas hasta por el sofá. Todo lo que se pareciera remotamente a un vestido se balanceaba en perchas colgadas de la pantalla de una lámpara de pie, en las rendijas del conducto de ventilación y en los tiradores de todos los armarios. Cerca de la ventana, otras prendas formaban un ovillo a los pies de un gran sillón. Los vaqueros todavía disponían de una oportunidad, siempre que la camisa de hombre que se estaba probando quisiera descender lo suficiente sobre sus caderas.

Abandonó su habitación al desorden. Cerró la puerta y colgó en el picaporte el letrero de «No molestar». El ascensor se abrió en el vestíbulo. Clara consultó su reloj; eran las ocho menos diez. Mientras esperaba a Jonathan sintió deseos de beber, una copa de vino la calmaría. Entró en el bar del hotel y se sentó a la barra.

El viejo Jaguar se dirigía al centro de la ciudad. Cuando llegaron al hotel donde Clara se alojaba, Jonathan se volvió hacia Peter.

–¿Ha leído ella el documento?

–No, todavía no, la traducción ha llegado a mi casa justo antes de que yo pasara a buscarte.

–Peter, tengo que pedirte una cosa.

–Lo sé, Jonathan, retiraremos el cuadro de la venta.

Jonathan posó una mano cómplice en el hombro de su mejor amigo. Cuando bajó del coche, Peter abrió la ventana y le gritó:

–¿Vendrás al menos a verme a mi isla desierta?

Jonathan le hizo una seña con la mano.

11

Cuando Jonathan entró en el Four Seasons, el corazón le latía de impaciencia. Buscó a Clara y se acercó a la recepción. El conserje llamó a su cuarto, pero nadie respondió. La entrada del bar estaba atestada de gente. Jonathan supuso que la retransmisión de un partido de béisbol habría atraído a más personas de las que podía albergar aquel sitio. Luego oyó una sirena a su espalda, se acercaba una ambulancia. Avanzó hacia la multitud y se abrió camino. Clara estaba tumbada, inerte, a los pies de la barra, y el camarero la abanicaba con una servilleta.

–¡No sé lo que le ocurre! –repetía, presa del pánico.

Clara había tomado un vaso de vino y, minutos después, se había desplomado. Jonathan se arrodilló y cogió la mano de Clara entre las suyas. Su larga cabellera estaba extendida a ambos lados del rostro. Tenía los ojos cerrados, su cutis estaba pálido y un hilo de sangre roja fluía de su boca. El vino que se había escapado de la copa rota se mezclaba con la sangre de Clara, dibujando en el suelo de mármol un arroyo de carmín.

Los enfermeros llegaron a la puerta del hotel y arrastraron una camilla hasta el vestíbulo. Una mujer de cabellos blancos, que salió de detrás de una columna, les dejó paso en un acto de civismo.

Jonathan subió a la ambulancia. Las luces giratorias del furgón se reflejaban en los cristales de las calles estrechas. El conductor esperaba llegar al hospital en menos de diez minutos. Clara todavía no había recobrado el conocimiento.

–Le está bajando la tensión –dijo uno de los enfermeros.

Jonathan se inclinó sobre ella.

–Te lo suplico, no me hagas esto –murmuró, estrechándola entre sus brazos.

El médico lo apartó para inyectar suero en el brazo de Clara. La solución salina penetró en la vena y subió hacia el corazón, que se aceleró de nuevo. El nivel del tensiómetro subió ligeramente. Satisfecho, el reanimador apoyó en el hombro de Jonathan una mano que pretendía ser tranquilizadora. En aquel momento, ignoraba que el líquido llevaba consigo miles de moléculas forasteras que no tardarían en agredir las células del cuerpo que acababan de invadir. Jonathan acariciaba el rostro de Clara; cuando le pasó el dedo por la mejilla, ella pareció sonreír. Tras detener el vehículo en la entrada de urgencias, los camilleros instalaron a Clara en una camilla y a continuación emprendieron una enloquecida carrera por los pasillos. Los fluorescentes que desfilaban por encima de su cabeza hacían temblar los párpados cerrados. Jonathan le cogió la mano hasta llegar a la puerta de la sala de exploración. Peter, a quien había llamado para pedirle ayuda, se había reunido inmediatamente con él y esperaba sentado en una de las sillas que flanqueaban el pasillo por el que Jonathan se paseaba arriba y abajo.

–No te preocupes tanto –dijo Peter–, sólo es una pequeña indisposición. La fatiga del viaje, las emociones de estos últimos días, el reencuentro contigo... Tendrías que haberla visto cuando hemos llegado al aeropuerto. ¡Si yo no la hubiera detenido, ella misma habría abierto la puerta de la cabina, con el avión aún en marcha! Ah, ¿lo ves? Has vuelto a sonreír. Deberías frecuentarme más, soy el único que consigue relajarte. ¡Cuando el agente de aduanas le ha preguntado cuánto duraría su estancia, he creído que iba a arrancarle el pasaporte de las manos!

Pero Jonathan, paseándose por el pasillo, adivinó la inquietud de su amigo en su exceso de palabras. Dos horas más tarde, un médico se presentó ante ellos.

El doctor Alfred Moore, al que había hecho llamar Peter, no entendía en absoluto el caso que estaba tratando. Los informes de las pruebas que había leído desafiaban toda lógica. El organismo de Clara se había puesto a fabricar repentinamente un auténtico ejército de anticuerpos que estaba atacando las células de su propia sangre. La velocidad a la que los glóbulos rojos eran destruidos por los blancos resultaba impresionante. Si continuaba a ese ritmo, el funcionamiento de su sistema circulatorio no tardaría en desmoronarse.

–¿De cuánto tiempo disponemos para salvarla? –preguntó Jonathan.

Moore se mostró pesimista. Ya habían aparecido algunas hemorragias subcutáneas, y los órganos internos no tardarían en sangrar. Las venas y las arterias comenzarían a desgarrarse una a una al día siguiente, como muy tarde.

–Pero ¿existe algún tratamiento? ¡Siempre existe alguno! ¡Por el amor de Dios, estamos en el siglo XX, la medicina lo puede lograr casi todo! –se enfureció Peter.

Moore lo miró desolado.

–Vuelva a vernos dentro de dos o tres siglos y entonces quizá tenga razón. Señor Gwel, para poder curar a esa joven necesitaríamos conocer el origen de su mal.

Por el momento, lo único que puedo hacer es inyectarle coagulante e intentar aplazar el desenlace, aunque me temo que no mucho más allá de veinticuatro horas.

Moore se disculpó sinceramente y dio media vuelta. Jonathan lo alcanzó en el pasillo y le preguntó si existía una ínfima posibilidad de que a Clara la hubiesen envenenado.

–¿Sospecha de alguien? –preguntó Moore, circunspecto.

–Responda la pregunta –insistió Jonathan.

–Hemos buscado toxinas pero no hemos obtenido ningún resultado. Si tiene usted fundadas razones para dar crédito a esa hipótesis, puedo comprobarlo de nuevo.

El profesor Moore se mostró dubitativo. Le explicó a Jonathan que, en caso de haber veneno, éste estaba alterando los glóbulos blancos de Clara para que considerasen a las plaquetas y los glóbulos rojos de su propia sangre como cuerpos extraños.

–Sólo en tal caso las defensas naturales de su organismo iniciarían el proceso de autodestrucción que estamos observando –concluyó.

–Pero ¿es algo técnicamente concebible? –preguntó Jonathan.

–Digamos que no es del todo imposible. De ser así, nos encontraríamos frente a una toxina fabricada a medida. Para desarrollar un producto como ése sería necesario conocer previamente la composición sanguínea exacta de la víctima.

–¿Y no se le puede limpiar o hacer una transfusión de sangre? –preguntó Jonathan, suplicante.

El profesor Moore sonrió con tristeza.

–Tendríamos que disponer de una cantidad demasiado importante...

Jonathan le interrumpió enseguida para proponerle que le inyectara la suya, añadiendo que era del grupo A positivo.

–La de ella es factor negativo y de un grupo distinto. Si a uno de ustedes se le hiciera una transfusión con sangre del otro, lo mataría al instante.

Moore añadió que, aunque lo sentía muchísimo, lo que Jonathan proponía era irrealizable. Le prometió que se pondría en contacto con el laboratorio de serología para buscar más a fondo una eventual toxina.

–No quiero ocultárselo –añadió Moore–, ésta sería nuestra última esperanza. Algunos venenos tienen un antídoto.

Sin atreverse a decirlo, el médico se preparaba para lo peor, ya que el tiempo no estaba precisamente de su parte. Jonathan le dio las gracias, corrió a reunirse con Peter y le suplicó que no le hiciera ninguna pregunta y que se quedase al lado de Clara. Él estaría de vuelta dentro de unas horas. Si su estado se agravaba sensiblemente, Peter le encontraría en el móvil.

Cogió el camino del puente y se saltó todos los semáforos de Camden Avenue. Abandonó su coche junto a la acera y se precipitó hacia el número 27. Un hombre salía del inmueble acompañado de su perro, y Jonathan aprovechó para colarse en el vestíbulo y meterse en el ascensor. Llamó a la puerta del final del pasillo. Cuando Alice le abrió, la cogió por el cuello y la empujó hasta el fondo del salón. La mujer de cabellos blancos tropezó con un velador y arrastró a Jonathan en su caída. Aunque se resistía con todas sus fuerzas, no podía vencer la embestida de Jonathan, que la asfixiaba con ambas manos. Buscó aire en vano y un velo rojo oscureció su campo de visión. Al sentir que perdía el conocimiento, apenas encontró las fuerzas necesarias para murmurar que tenía un antídoto. La opresión cedió y el aire entró en sus pulmones.

–¿Dónde? –gritó Jonathan, que la seguía reteniendo en el suelo.

–La verdad es que no temo a la muerte, y tú sabes muy bien por qué. Así que si pretendes salvar a tu Clara, tendrás que cambiar de actitud.

Jonathan leyó en su mirada que aquella vez no estaba mintiendo, y la liberó.

–Te esperaba, aunque no tan pronto –dijo ella mientras se levantaba.

–¿Por qué ha hecho algo así?

–¡Porque soy muy testaruda! –dijo Alice, frotándose los codos–. Clara debe pagar por lo que hizo.

–Me ha mentido, Clara no era la hija mayor de sir Langton.

–Es cierto. Y eso la hace aún más culpable a mis ojos. Tras la muerte de su padre, mi marido la adoptó oficialmente. La amaba como a su propia hija, era su benefactor, y al robar ese cuadro ella lo traicionó.

–¡Langton asesinó a Vladímir! –exclamó Jonathan.

–No, no fue él –dijo Alice Walton con tono satisfecho–. Mi marido no era más que un pobre jugador ahogado por las deudas, alguien tenía que compensar sus debilidades y salvarnos de la ruina. Lo hice por iniciativa propia, él lo ignoró siempre.

–Pero Clara lo supo, porque había encontrado el diario de Vladímir. Ella no traicionó a su marido, ni siquiera se vengó, sino que se conformó con cumplir la última voluntad de su padre. Nosotros impedimos la venta del cuadro que ustedes le querían arrebatar.

–Puede que ésta sea tu versión de los hechos, pero mientras tanto soy yo quien posee el antídoto.

Alice sacó de su bolsillo un frasco pequeño que contenía un líquido ligeramente ambarino. Le dijo a Jonathan que era imposible que los médicos detectaran el menor rastro del veneno que ella había echado en el vaso de Clara, ni antes ni después de su muerte. No había otro modo de salvarla que seguir sus instrucciones al pie de la letra. El matrimonio con su hija reuniría al día siguiente a la alta sociedad de Boston al completo y de ningún modo pensaban soportar la afrenta de una anulación de última hora. Clara y él ya habían deshonrado a su marido, y no toleraría que hicieran lo mismo con su hija. A mediodía, Jonathan se casaría con Anna. Después de la ceremonia, ella iría a ver a Clara y le administraría el antídoto.

–¿Y por qué debería creerla? –preguntó Jonathan.

–¡Porque el poco tiempo que te queda no te deja otra opción! Y ahora sal de mi casa. Nos veremos mañana en la iglesia.

La habitación del hospital estaba sumergida en una luz blanquecina. Peter estaba sentado a una mesa junto a la cama cuando entró una enfermera para realizar una nueva extracción. Le quitó el gota a gota y enganchó una serie de seis tubos de vidrio al extremo de la aguja que estaba clavada en el brazo de Clara. Una tras otra, las probetas se fueron llenando de un líquido cada vez más fluido y menos rojo. Cuando estaban llenas, las volvía a tapar y las agitaba enérgicamente antes de depositarlas en un pequeño receptáculo preparado a tal efecto. Después de llenar la última, puso el gota a gota otra vez en su sitio, se quitó los guantes y los tiró al recipiente reservado para ello. No bien se puso de espaldas, Peter cogió uno de los tubos y se lo metió en el bolsillo.

Después de la partida estrepitosa de Jonathan, Anna había salido del escondite en que se había ocultado. Ahora estaba sentada en el sillón y miraba a su madre fijamente.

–¿De qué sirve todo esto ahora? Se divorciará en cuanto pueda.

–Pobre hijita –respondió Alice–, ¡me quedan tantas cosas que enseñarte todavía! Mañana te habrá desposado, y uno no puede divorciarse ante Dios. Al pronunciar sus votos mientras Clara esté muriendo, romperá el juramento que los une. Esta vez los separaremos para siempre.

Alice destapó el frasco del antídoto y vertió su contenido en la palma de su mano. Luego se frotó la nuca.

–¡Es mi perfume! –dijo con voz jovial–. ¡Le he mentido!

Anna se levantó y, sin pronunciar palabra, cogió su bolso y se dirigió a la entrada. Miró pensativa a su madre y volvió a cerrar la puerta.

–También a mí me has mentido –dijo Anna, triste, cuando salía del inmueble.

Jonathan entró en la habitación y Peter los dejó solos.

Se sentó en la cama y posó sus labios en la frente de Clara.

–Ya lo ves, te beso y continuamos estando en el presente –murmuró con un nudo en la garganta.

Clara entreabrió los ojos y, con una pálida sonrisa, logró pronunciar algunas palabras.

–Tengo que admitir que ya no me quedan muchas fuerzas, ¿no crees?

Cerró los dedos en la mano de Jonathan y prosiguió con voz débil.

–Ni siquiera habremos dado ese paseo por los muelles del viejo puerto.

–Te llevaré a verlos, te lo prometo.

–Tengo que contarte el final de nuestra historia, amor mío. Lo he soñado esta noche, así que ahora ya lo conozco.

–Te lo ruego, Clara, conserva tus fuerzas.

–¿Sabes lo que hicimos cuando Langton huyó de la casa? Hicimos el amor. Hasta el fin de nuestros días no dejamos de hacer el amor.

Cerró los ojos y su rostro se tiñó del dolor que la embargaba.

–Al adoptarme, Langton me convirtió en su heredera. A fuerza de trabajar pudimos saldar sus deudas y conservar la casa. Allí nos amamos, Jonathan, hasta el último día. Cuando tú falleciste, te acosté a los pies del gran árbol. Escondí el cuadro en el desván y me tendí junto a ti, esperando a que la vida quisiera llevarme consigo a mí también. Y en el transcurso de aquella única noche sin ti, hice la promesa de seguir amándote incluso después de mi muerte y de encontrarte allí donde estuvieras. Y ya has visto que cumplí mi promesa, igual que tú.

Ahogado por la tristeza, Jonathan rodeó a Clara con sus brazos y descansó la cabeza en la curva de su hombro.

–No digas nada más, por favor, descansa, amor mío.

–Si supieras cuánto te amo, Jonathan. Ningún instante lejos de ti vale la pena ser vivido. Escúchame, creo que me queda poco tiempo. Estas últimas semanas han sido las más bonitas de mi vida; nada de lo que había vivido hasta ahora puede compararse con la felicidad que tú me has dado. Tienes que prometerme que también tú vas a ser feliz, quiero que vivas, Jonathan, no renuncies a la felicidad. Hay tantas maravillas en el fondo de tus ojos... Tal vez volvamos a encontrarnos una vez más, algún día.

Los ojos de Jonathan se llenaron de lágrimas. En un

último esfuerzo, Clara levantó la mano para acariciar su mejilla.

–Abrázame un poco más fuerte, Jonathan, tengo tanto frío...

Fueron sus últimas palabras. Los ojos de Clara se cerraron suavemente y su rostro se fue serenando poco a poco. El latido de su corazón era débil. Jonathan la veló sin descanso durante toda la noche. La apretaba contra su cuerpo y la mecía con ternura. Su propia respiración se ajustaba a los movimientos de Clara. Llegó la aurora y su estado no había dejado de empeorar hora tras hora. Jonathan le dio un largo beso en los labios y luego se levantó. Antes de abandonar la habitación, se volvió y murmuró:

–No dejaré que te vayas, Clara.

Cuando se cerró la puerta, la sangre que fluía de la piel de Clara tiñó de color rojo la sábana que la cubría. Sus largos cabellos rodeaban su plácido rostro. La luz del día que entraba por la ventana acabó de recrear en aquella habitación el cuadro de *La joven del vestido rojo.*

Peter llegó al extremo del pasillo, cogió a Jonathan por el hombro y lo arrastró hacia la máquina de bebidas calientes. Introdujo una moneda en la rendija y pulsó la tecla de café solo.

–Lo vas a necesitar, y yo también –dijo, tendiéndole la taza a Jonathan.

–Tengo la impresión de estar sufriendo, despierto, una pesadilla –dijo Jonathan.

–Espero que yo esté incluido, porque a mí me pasa lo mismo –suspiró Peter–. He llamado a mi amigo de la brigada criminalista. Le mandé por Federal Express la muestra de sangre que le quité a la enfermera. Pondrá a los mejores especialistas de la policía científica en el caso, te juro que vamos a acabar con esa porquería.

–¿Qué le has contado exactamente a tu amigo poli? –preguntó Jonathan.

–La historia completa, hasta le he prometido que le mandaríamos nuestras notas y una copia del cuaderno de Vladímir.

–¿Y no ha querido encerrarte en un manicomio?

–No te preocupes, Pilguez es especialista en expedientes extraños. Hace algunos años me explicó una de sus investigaciones en San Francisco y créeme, a su lado, nuestro caso es pura rutina.

Jonathan se encogió de hombros y se dirigió a la salida. Cuando se alejaba, Peter lo interpeló:

–Estaré siempre contigo, no lo olvides, y aunque vuestra historia me haga pasar por loco, cuando hayamos salvado a Clara, también yo testificaré.

Todos los bancos de la iglesia de Saint Stephen estaban ocupados. La alta sociedad de Boston al completo parecía haberse dado cita a ambos lados del pasillo central. Dos coches de policía bloquearían el acceso de Clark Street durante el tiempo que durase la ceremonia. Peter había tomado asiento, con expresión sombría, a la derecha de Jonathan. Los órganos retumbaron y la concurrencia se volvió en silencio. Anna arrastraba su larga cola hacia el altar del brazo de su madre, que sería su testigo. La boda comenzó a las once. Al sentarse a la izquierda de su hija, Alice le dirigió una sonrisa a Peter. Estaba radiante.

El profesor Moore entró en la habitación de Clara, se acercó a su cama y le puso la mano sobre la frente. No dejaba de subirle la fiebre. Se sentó en el borde del lecho y suspiró con tristeza. Cogió un pañuelo de papel de la mesa de la cabecera y limpió el hilo de sangre que se escapaba de su nariz. Se levantó y ajustó el flujo del líquido del suero. Con los hombros encorvados, salió otra vez de la habitación y cerró suavemente la puerta detrás de él. Clara abrió los ojos, gimió y volvió a dormirse de nuevo.

A la media hora de haber empezado la ceremonia, el sacerdote se dispuso a hacer pronunciar los votos a los novios. Se inclinó hacia Anna y le dedicó una sonrisa afable, pero ella no le miraba. Con los ojos llenos de lágrimas, observaba el rostro de su madre.

–Perdóname –murmuró.

Volvió la mirada hacia Jonathan y le cogió la mano.

–¡Ya no puedes hacer nada por ella, Jonathan, pero aún puedes hacer algo por vosotros dos!

–¿Qué estás diciendo?

–Lo has entendido muy bien, vete de aquí antes de que sea demasiado tarde. Ya no puedes salvarla, pero todavía puedes encontrarla otra vez. Márchate.

El grito de cólera de Alice Walton reverberó en toda la iglesia cuando Peter y Jonathan se abalanzaron hacia el pasillo. El sacerdote no sabía qué cara poner y toda la sala se puso en pie cuando atravesaron la gran puerta. Desde lo alto de la escalinata desierta, Peter llamó al agente de policía que estaba apoyado en su vehículo.

–Estoy trabajando de incógnito para el comisario Pilguez, de la brigada criminalista de San Francisco. Puede comprobarlo por el camino, es una cuestión de vida o muerte, llévenos inmediatamente al hospital Boston Memorial.

Los dos amigos guardaron silencio una vez dentro del coche, mientras la sirena de la policía despejaba el camino delante de ellos. Jonathan había apoyado la cabeza contra el cristal y, con los ojos empañados, miraba pasar a lo lejos las grúas del viejo puerto. Peter lo cogió por el hombro y lo apretó contra él.

Cuando llegaron ante la habitación de Clara, Jonathan se volvió hacia su mejor amigo y lo miró largamente.

–¿Puedes prometerme una cosa, Peter?

–¡Lo que quieras!

–Te lleve el tiempo que te lleve, tienes que hacerle justicia a Vladímir. Júrame que, pase lo que pase, llegarás hasta el final. Es lo que Clara hubiera deseado.

–Te lo juro, lo haremos juntos, no te abandonaré.

–Tendrás que hacerlo solo, viejo amigo, yo ya no podré.

Jonathan abrió con suavidad la puerta de la habitación. En la penumbra, Clara respiraba débilmente.

–¿Piensas irte de Boston? –preguntó Peter.

–Sí, en cierto modo.

–¿Y adónde vas a ir?

Jonathan tomó a su amigo del brazo.

–¿Sabes? Yo también he hecho una promesa. Voy a llevar a Clara a pasear por los muelles... la próxima vez.

Entró en el cuarto y cerró la puerta. Peter oyó el ruido de la llave al girar en la cerradura.

–Jonathan, ¿qué haces? –preguntó, inquieto.

Tamborileó con los nudillos contra el marco de la puerta, pero su amigo no le contestó.

Jonathan se sentó en la cama junto a Clara, se quitó la chaqueta y se subió la manga de la camisa. Retiró la aguja de la bolsa del suero y la hizo penetrar en su propio brazo, uniendo así sus dos cuerpos. Cuando se tumbó al lado de ella, la sangre de Clara ya se estaba filtrando lentamente en sus venas. Acarició su mejilla pálida y acercó la boca a su oído.

–Te amo, y nunca podré dejar de amarte; te amo sin saber cómo ni por qué. Te amo así porque no conozco otra manera. Si tú no existes, yo tampoco puedo existir.

Jonathan posó los labios sobre la boca de Clara y, por última vez en su vida, todo comenzó a dar vueltas en torno a él.

El otoño acababa de nacer. Peter caminaba, solitario, sobre los adoquines del mercado a cielo abierto cuando sonó su teléfono móvil.

–Soy yo –dijo la voz al otro extremo del aparato–. La tenemos. Te había prometido los mejores especialistas del país y he cumplido mi palabra: hemos identificado la toxina. Tenemos la declaración del camarero, que ha reconocido oficialmente a la señora Walton. Y te reservo lo mejor para el final, su hija está dispuesta a testificar. Esa vieja no volverá a salir de la cárcel. ¿Vendrás a San Francisco un día de éstos? Natalia se alegraría de verte –añadió Pilguez.

–Antes de Navidad, te lo prometo.

–¿Qué piensas hacer con los cuadros?

–Yo también tengo que cumplir una promesa.

–De todas formas tengo que decirte algo, aunque te juro que me lo guardaré para mí. Tal como me pediste, hice comparar el análisis de ADN de tus documentos con el de la mujer que ha sido envenenada.

Peter dejó de caminar y contuvo la respiración.

–El laboratorio es concluyente: las dos muestras pertenecen a personas con una filiación directa. En otras palabras, la sangre de la tela es la de su padre. Así que ya lo ves, ¡no encaja en absoluto con los datos que me diste!

Peter pulsó la tecla de su móvil. Sus ojos se inundaron de lágrimas y, mirando el cielo, gritó, sollozando de alegría:

–Te echo de menos, amigo; os echo de menos a los dos.

Se metió las manos en los bolsillos y prosiguió su camino, alejándose por los muelles y sonriendo.

Cuando Peter llegó a su edificio se cruzó con Jenkins, que le esperaba debajo del toldo con dos maletas a sus pies.

–¿Qué tal, Jenkins? –dijo Peter.

–Nunca podré agradecerle bastante este viaje, señor. Toda mi vida he soñado con conocer Londres. Es el mejor regalo que me han hecho nunca.

–¿Y ha guardado bien la dirección y el número de teléfono que le di?

Jenkins afirmó con la cabeza.

–Entonces, buen viaje, mi querido Jenkins.

Y Peter entró sonriente en el edificio Stapledon, mientras Jenkins le hacía una seña con la mano al subir al taxi que le llevaría al aeropuerto.

12

San Petersburgo, muchos años después

El día tocaba a su fin y en pocos minutos el Museo del Hermitage cerraría sus puertas. Los visitantes que se encontraban en la Sala Vladímir Radskin se dirigían hacia la salida. Un guarda le hizo una discreta seña a su colega y los dos hombres uniformados se acercaron discretamente a una joven pareja que abandonaba la estancia. Cuando consideraron que la situación se lo permitía, rodearon al hombre y a la mujer y les rogaron que les acompañaran y que no se inquietaran. Ante la educada insistencia de los agentes de seguridad, los dos turistas, que no entendían lo que se les estaba pidiendo, aceptaron seguirles. Bien escoltados, atravesaron un largo pasillo y entraron por una puerta oculta. Después de subir por una escalera de servicio, no sin experimentar cierta inquietud a medida que se adentraban en las profundidades del edificio, les hicieron entrar en un gran despacho y les invitaron a tomar asiento alrededor de la mesa de juntas. Alguien vendría a verles enseguida. Un hombre de unos cincuenta años, con un traje muy formal, entró y se sentó frente a ellos, dejó una carpeta sobre la mesa y la consultó varias veces mientras observaba a la joven pareja.

–Debo admitir que es asombroso –dijo en un inglés con ligero acento.

–¿Se puede saber qué quiere de nosotros? –preguntó el joven.

–Es la tercera vez esta semana que vienen a admirar los cuadros de Vladímir Radskin, ¿no es así?

–Nos encanta este pintor –respondió la mujer.

Yuri Egorov se presentó. Era el conservador general del Hermitage y se sentía orgulloso de acogerles a los dos en su museo.

–La tela que tan largamente han admirado esta tarde se llama *La joven del vestido rojo*. Fue devuelta a su estado original gracias a un arduo trabajo de restauración que fue llevado a cabo por un comisario tasador norteamericano. Fue él quien hizo donación a este museo de los cinco cuadros de Radskin que se exponen aquí. Esta colección tiene un valor incalculable y seguramente jamás la podríamos haber adquirido en su totalidad, pero, gracias a tan generoso donante, este gran pintor ruso regresó a su país natal después de muchos años. A cambio del regalo que le hizo a nuestro país, el Museo del Hermitage se comprometió con su benefactor a cumplir una promesa algo peculiar. Mi predecesor se jubiló hace unos años, así que desde entonces yo soy el responsable de cumplir esa misión.

–¿Qué misión? –preguntó la pareja a coro.

El conservador carraspeó en la palma de su mano antes de proseguir.

–El señor Peter Gwel nos hizo prometer que, si algún día se presentaba delante de la tela una mujer cuyo rostro se pareciera de forma perturbadora al de *La joven del vestido rojo*, tendríamos el deber de remitirle al hombre que la acompañara una carta escrita de su puño y letra. La hemos estado observando atentamente, señora, y creo que ha llegado el momento de cumplir nuestra promesa.

El conservador abrió la carpeta y le tendió el pliego a la pareja; el joven abrió el sobre. Mientras leía la carta que contenía, se levantó y se paseó por la habitación.

Cuando terminó de leerla, volvió a doblar la hoja y la guardó en silencio en el bolsillo de su chaqueta.

Luego cruzó las manos en la espalda, entornó los ojos y sonrió..., y desde aquel día, ya nunca más dejó de sonreír.

Título de la edición original: *La prochaine fois*
Traducción del francés: Isabel Margelí,
cedida por Roca Editorial de Libros, S. L.
Diseño: Eva Mutter
Ilustración de la sobrecubierta: © Cristina Becejski
Foto de solapa: © Thierry Malty/Terre Neuve

Círculo de Lectores, S. A. (Sociedad Unipersonal)
Travessera de Gràcia, 47-49, 08021 Barcelona
www.circulo.es
3 5 7 9 5 0 1 0 8 6 4

Licencia editorial para Círculo de Lectores
por cortesía de Roca Editorial de Libros, S. L.
Está prohibida la venta de este libro a personas que no
pertenezcan a Círculo de Lectores.

Depósito legal: B. 35457-2005
Fotocomposición: gama, s. l., Barcelona
Impresión y encuadernación: Printer industria gráfica
N. II, Cuatro caminos s/n, 08620 Sant Vicenç dels Horts
Barcelona, 2005. Impreso en España
ISBN 84-672-0616-0
N.° 28092